Polar

Blanco 3

Inconsolables petits anges

« Notre devoir de les protéger »

Pascal DRAMPE

Édition: BoD – Books on Demand,

12/14 rond-point des Champs-Élysées, 75008
Paris

Impression: BoD – Books on Demand,
Norderstedt, Allemagne.

ISBN : 9782322376537

Dépôt légal : juin 2021.

Du même auteur :

« Insoutenable héritage », Blanco 1 -collection Blanco- publié chez BoD, avril 2020.

« Insoupçonnable vengeance », Blanco 2 -collection Blanco-, publié chez BoD, août 2020.

« Flic, un métier qui tue… », avril 2019 republié chez BoD, 2021.

A ma mère, Francine Horcholle.

« Pour ton incroyable victoire face à la Covid-19 ».

A ma cousine, Sabine Drampe, infirmière.

« Grâce à toi, maman a survécu ».

Mille mercis.

Haïku

Innocents lotus,

puretés fugitives,

perdues à jamais.

Blanco

Prologue

Au même instant, un cri strident leur perça les tympans. Le commandant Blanco s'adossa solidement contre l'épaisse clôture en pierre de la demeure. La capitaine Linda, d'un appui assuré du pied sur les mains aux doigts fermement entrecroisés de son partenaire, sauta l'obstacle mural avec dextérité, aussitôt suivie par son acolyte. Dans cette nuit noire et glaciale, d'apparence si paisible, ils traversèrent hâtivement la pelouse pour pénétrer dans la cuisine de la grande bâtisse. Leurs traits de visage affichaient une détermination extrême. Armes aux poings, ils identifièrent, en provenance du sous-sol, un fond de musique d'orgue à l'ambiance satanique anxiogène. Comme pour rattraper le faisceau lumineux de leur torche, ils descendirent les marches d'escalier pour faire face à la porte d'où provenaient les bruissements et sous laquelle s'échappait un filet de lumière.

Leur pouls battait la chamade, les deux flics ne se devinaient à peine dans la noirceur du corridor. Ils marquèrent un temps d'arrêt, inspirèrent profondément pour reprendre leur respiration. Comme à leur habitude, ils engageraient l'assaut à la fin d'un compte à rebours silencieux de trois secondes. D'un violent coup d'épaule, le commandant Blanco força l'ouverture, en même temps qu'ils crièrent leur qualité, les armes pointées vers les occupants de la pièce macabre.

Malgré leur lourd vécu, les deux acolytes furent, une fraction de seconde, paralysés par la vision d'horreur qui leur sortit les yeux des orbites. Sous l'effet de surprise, trois des huit braqués, deux femmes et un homme, se pissèrent instantanément dessus. D'une voix proche d'un cri de révolte, Linda les avisa fougueusement.

---Gardez les mains en l'air et mettez vos sales gueules contre le mur ! Je plombe le premier fumier qui bouge !

Pas habitué à ce que son adjointe lui emprunte ce genre de propos, Blanco lui exposa clairement la paume de la main gauche en guise de prise de relais. D'autant qu'il constata que l'index droit de sa partenaire avait quitté le long du pontet pour se fixer nerveusement sur la queue de détente de son *Sig Sauer*. Il arrêta cette musique oppressante, avant de prévenir fermement les antagonistes.

---Vous allez sagement exécuter les ordres ! Vous mettre la tronche contre ce mur, décaler les jambes vers l'arrière et croiser les poignets dans le dos ! Ne faites aucun geste que vous pourriez regretter !

Convaincue de la maîtrise de son chef de groupe, la capitaine Linda lui jeta un regard approbatif. Blanco resta songeur un bref instant, oscillant entre le dégoût, devant cette scène consternante, et la satisfaction de pouvoir claquer ce *flag* à la figure des nombreux détracteurs lui barrant la route ces derniers temps.

La preuve éclatait enfin au grand jour. Désormais, plus rien ne pourrait l'arrêter dans sa quête de vérité. Du moins le pensait-il...

1 – Saisine controversée.

Quelques jours auparavant…

Ce 1er décembre 2018, debout dans la file d'attente à l'aéroport *Las Americas* de Saint-Domingue, le commandant Blanco était plongé dans ses pensées. Finalement, son adjointe, la capitaine Linda, avait eu raison de lui préconiser cette quatorzaine hors hexagone. Lui qui était incapable de se souvenir de ses dernières vacances. Peut-être six ou sept ans plus tôt ? Bref, quasiment depuis qu'elle l'avait rejoint dans son groupe Crim' au S.R.P.J. de Lille, à quelques encablures de leur lieu de naissance, elle à Maubeuge, lui à Jeumont. Sa dernière affaire sensible avait laissé quelques vilaines traces dans ses environnements professionnel et privé, du moins pour le peu que ce dernier existât encore. Voilà le sort réservé à ces flics entêtés, pourtant en voie de disparition, lorsqu'ils s'en prennent aux notables du coin. Et ce, en raison d'un incendie qui causât la mort de deux jeunes belges dans un établissement hébergeant des étudiants, situé sur la route de Valenciennes à Maubeuge. Si, à l'évidence, les premières investigations des enquêteurs maubeugeois ne tendaient qu'à démontrer des circonstances accidentelles, le commandant Blanco, en visite dans sa famille, inversait la tendance, mettant à jour une dramatique affaire d'escroquerie à assurance, commanditée par des propriétaires ayant pignon sur rue. Diverses pressions malintentionnées avaient eu pour corollaire de le faire sortir de ses gonds. Qui pouvait soutenir ces criminels responsables de la mort de deux jeunes, brûlés vifs ? Malgré ses nombreux faits d'armes, pour quelle raison avait-il eu des comptes à rendre, sous pli confidentiel, au ministre de l'Intérieur ? Sans compter l'absence totale de soutien de sa hiérarchie départementale, quand bien même elle ne l'avait pas saisi de l'enquête. Ainsi, son adjointe, Linda, l'avait invité à poser son mouchoir dessus : « *tu as quand même réussi à les faire mettre au chaud quelque temps. Mais tu connais le système, il faudra que tu l'admettes un jour ou l'autre, Blanco ! Fais un p'tit break de deux semaines !* ».

Au sortir de ces quatorze jours caribéens, le quinquagénaire paraissait un peu moins que son âge, avantagé par sa corpulence sportive. Son nouveau teint hâlé, contrastant avec ses tempes poivre et sel, faisait davantage ressortir sa bonne mine. Une allure relâchée et une esquisse de sourire semblaient révélatrices de vacances régénératrices. D'ailleurs, son regard langoureux, à l'endroit d'une très jolie femme typée hispanique, ne laissait planer aucun doute quant à un séjour revigorant. Lui qui ne voulait rien faire, rien penser pendant cette mise au vert, avait rencontré cette magnifique espagnole au complexe hôtelier de la *Casa de Campo* à Higuey. Elle y officiait en tant que responsable qualité. La rencontre fut tout à fait fortuite, puisque la chambre occupée par Blanco avait été tirée au sort pour un contrôle dans les règles de l'art. Alors qu'il lézardait sur son lit *king size,* il était tout de suite séduit par le charme de sa visiteuse. Atout qu'elle tentait de cacher fébrilement sous le prétexte professionnel. Elle l'avisait d'un français remarquable, souligné d'un accent ibérique charnel qu'elle ne pût dissimuler, non plus.

---Nous sommes navrés pour le dérangement, Monsieur. Votre chambre va faire l'objet d'un contrôle qualité. Pour nous faire pardonner, la Direction vous invite ce soir, à sa meilleure table, à l'heure qui vous conviendra.

Cette apparition inopinée le sortait littéralement de sa léthargie. Le contraste entre l'aspérité de ses pensées ténébreuses et la douceur de cette somptueuse femme à la peau dorée, lui libérait enfin l'esprit, encore parasité, malgré les treize premiers jours de vacances. Lui, qui avait un tempérament assez dur sur l'homme, était, *a contrario*, plutôt très avenant envers la gent féminine. Il l'avisait avec beaucoup d'élégance.

---Au contraire, je suis fort aise d'être dérangé par une dame aussi charmante. J'accepterais volontiers cette invitation si vous pouviez m'honorer de votre présence.

Surprise, ses joues, pourtant déjà joliment ambrées, viraient à une couleur sapotille encore plus soutenue. Troublée, elle répondait avec tact.

---Malheureusement, le règlement intérieur de l'établissement n'autorise pas le personnel à se joindre à la clientèle, excepté pour les impératifs du service. Vous m'en voyez très sincèrement désolée, Monsieur.

---Alors, permettez-moi de vous inviter à dîner dans le restaurant de votre choix. Si je dois reconnaître que je ne suis pas insensible à votre charme, sachez que cette soirée sera basée sur l'apprentissage des us et coutumes de votre magnifique pays. Bien entendu, il ne s'agirait pas que cet échange vous pose la moindre complication vis-à-vis de votre proche entourage.

S'affairant presque maladroitement à sa mission, elle ne répondait pas immédiatement, décontenancée par cette invitation d'une convenance inhabituelle. Puis, avant de quitter la chambre, elle acceptait timidement la proposition. Ils se rejoignaient, discrètement, à seize heures, devant la basilique *Catedral Nuestra de la Altagracia* à Higuey. Pour plus de discrétion, et sachant qu'il y prenait l'avion le lendemain, Blanco lui proposait de se rendre à Santo-Domingo. Attention qu'elle appréciait à sa juste valeur, d'autant qu'elle n'avait pas mis les pieds au centre historique de la capitale depuis plus d'un an. Chemin faisant, Blanco bénéficiait d'un véritable récital de son éloquente guide touristique de circonstance, détentrice d'une licence d'histoire. Salina semblait ravie de bénéficier de cette escapade en compagnie de cet inconnu si différent du touriste habituel. Elle l'avisait subitement de manière austère.

---Sachez, Monsieur, que ce n'est pas dans mes habitudes de partir en visite avec un client de l'hôtel. Vous savez ce qui se passe, ici, avec le tourisme sexuel. Je ne m'autorise pas à juger les gens, mais les visiteurs ne devraient pas tirer ainsi profit de la pauvreté. Je ne sais pas si vous avez visité la ville de *Boca Chica* ?

Blanco acquiesçait avec compassion, appuyant son sentiment par la présentation rituelle de la paume de sa main gauche, puis répondait d'un ton rassurant.

---Je m'en suis échappé, ce matin. Une minute de plus et je commettais un meurtre. Voir, au grand jour, ces mômes au regard si vide, esquissant des sourires de circonstance à l'endroit de ces prédateurs sexagénaires transpirants grassement, m'a donné la nausée. Inutile de préciser que le *taximan,* qui m'avait conseillé d'y passer mes deux derniers jours de vacances, n'a pas bénéficié de la course retour. Rassurez-vous, j'ai suffisamment d'expérience pour savoir avec qui je partage ce moment.

Soulagée, Salina poursuivait sa narration sur l'histoire et la géographie économique de son pays, comme pour lui attribuer un label qualité plus conforme. Ainsi, jusqu'à l'arrivée à la *Calle El Conde* de la *Zona Colonial,* au centre-ville de la capitale, Blanco voyageait à travers plusieurs siècles. Ils arpentaient cette rue principale pavée jusqu'à la place de *la Basilica Catedral de Santa Maria la Menor,* où ils s'installaient à la terrasse d'un réputé restaurant italien. Plus le repas avançait, plus la complicité entre les deux convives se dessinait, d'autant que tous deux partageaient cette particularité de ne pas avoir vécu un moment aussi insouciant depuis de nombreuses années. Le commandant ne pouvait s'empêcher d'y ajouter sa touche subtile de séduction et d'humour qui produisait immanquablement son effet sur son accompagnatrice. Salina proposait de poursuivre la soirée dans un club branché du quartier huppé, Blanco lui ayant lâché, lors du dîner, avoir rangé son kimono et sa ceinture noire au placard, pour s'initier à la danse latino. Il relevait fort bien le défi, grâce à son déhanché plutôt habile pour un Européen, au grand ravissement de sa voluptueuse partenaire. Deux heures de *bachata* aussi endiablées que sensuelles suffisaient à émoustiller le duo, à fleur de peau. Somme toute très attirée par son élégant cavalier, Salina s'en décollait peu à peu. Le commandant recouvrait péniblement son self-control, mais en respectait la démarche, malgré la frustration.

En raison de l'heure tardive, il était préférable que Salina passe également la nuit à l'hôtel *Sheraton*, avant de rentrer seule à la Romana, le lendemain. Avec suffisamment de délicatesse pour éviter que le regard du réceptionniste ne s'attardât trop lourdement sur sa ravissante accompagnatrice, le commandant réservait une seconde chambre. Ils s'échangeaient un dernier regard teinté d'amertume, avant d'entrer dans leur quartier respectif. À peine la porte refermée, Salina se mordait violemment le tranchant de la main. C'était le prix à payer pour défendre la réputation de la femme dominicaine. Après une agréable douche, elle s'allongeait sur le lit moelleux, le sourire léger. C'était plus compliqué pour Blanco, qui ne jouissait pas de cette volonté propre à la gent féminine. Il s'interdisait, à contrecœur, mais à raison, de frapper à la porte de Salina, dont l'attitude la rendait encore plus désirable. Immobile sous les jets de la colonne hydromassante, les yeux clos, tel le tableau de *Redon*, il ressassait, en boucle, ces danses enlacées qu'il n'avait jamais connues aussi voluptueuses. Puis, il s'étala de tout son long sur le dessus de lit, toujours envoûté par le doux souvenir des courbes avantageuses et enivrantes de sa partenaire de circonstance. Cette savoureuse vision était interrompue lorsqu'il entendait toquer légèrement. La porte ouverte, Salina s'adressait timidement à lui.

---Je ne voudrais pas que tu interprètes mal mon…

Blanco mettait un terme à cet embarras en la prenant par la main pour l'allonger sur le lit. Il lui susurrait à l'oreille de s'abandonner pour mieux apprécier l'instant, la faisait pivoter délicatement sur le ventre, en prenant soin de lui laisser son drap de bain recouvrir le bas de sa chute de rein, jusqu'au haut de ses cuisses. Il lui plaçait sa longue chevelure noire bouclée sur un côté et lui inclinait le visage sur l'autre, tout en lui dégageant la nuque. Il mettait un fond de musique zen, s'enduisait les mains de la réputée huile sensuelle *Ylang Ylang* qu'il emportait toujours dans ses bagages, puis l'invitait à respirer profondément pour relâcher les tensions. Il lui effleurait à peine la peau, de la nuque jusqu'à la base du dos pour éveiller ses sens, avant d'appliquer de légères pressions sur les épaules et l'ensemble du dos. Il sentait que Salina commençait à se délivrer. Sans jamais perdre le contact, il descendit le long de son corps pour lui masser les pieds, le bas de ses jambes, jusqu'à remonter au niveau de ses cuisses. Le splendide corps de Salina commençait instinctivement à onduler sensuellement, les caresses se faisaient plus précises, alternant des impulsions plus vigoureuses sur ses fesses galbées et des effleurements du bout des doigts à l'intérieur de ses cuisses, lui provoquant de légers soubresauts incontrôlés. Blanco, totalement nu, lui ôtait délicatement son drap de bain pour lui effleurer, d'un lent mouvement de va-et-vient du torse, le haut du dos jusqu'au bas des fesses qui tendaient à s'ouvrir davantage à chaque passage plus savamment appuyé. Entrecroisant ses doigts entre ceux de la voluptueuse Salina, il pouvait ainsi mieux appréhender les sensations de sa partenaire et deviner le moment où les deux corps devaient s'unir plus profondément. Sa langue experte prenait la place de son poitrail, pour mieux apprécier le goût de miel de ce fruit délicat, et déclenchait des mouvements saccadés des jolies fesses recouvertes de frissons de Salina. C'est le moment qu'ils choisissaient tous deux pour sceller leur union charnelle, Salina se cabrait d'un seul coup, un gémissement sensuel s'échappant de ses lèvres pulpeuses. L'érotique *bachata* qui s'engageait durant une bonne partie de la nuit, aura raison du duo épanoui.

Au petit matin, lors du copieux petit-déjeuner, Blanco s'enjôlait élégamment de la mine de Salina, dont une once de fébrilité s'affranchissait de son accoutumé charisme. Puis, pour occulter le départ imminent de son ami, elle abordait de riches sujets de discussion dont l'un attirait plus particulièrement l'attention avisée du flic invétéré. Celui de rumeurs d'un trafic d'enfants pauvres, communément appelés les *reztavek*. En somme, ces petits esclaves du pays voisin, Haïti, transiteraient, via la République dominicaine, à destination de l'étranger. Blanco connaissait différents réseaux liés à la traite des êtres humains, notamment ceux d'Afrique et des pays d'Asie du Sud-Est. Cependant, il n'avait jamais entendu parler de cette filière haïtienne. Il stockait cette précieuse information dans un petit coin de sa tête.

Ce samedi 1er décembre, Salina insista pour l'accompagner à l'aéroport. Sa présence expliqua le visage réjoui d'un Blanco transformé. Pourtant, un singulier changement d'attitude de sa protégée le ramena à la dure factualité du terrain. Le doux visage de Salina se fit soudainement plus sévère. D'un geste directionnel du menton, elle lui indiqua la cible. Un homme, la trentaine, typé espagnol, et un enfant caribéen, d'à peine dix ans, foncé de peau. Le duo, qui semblait mimer le rôle père-fils, emprunta un itinéraire bis, précédé d'une policière de l'immigration. L'homme, jusqu'ici plutôt contracté, marqua un perceptible relâchement corporel. *A contrario*, le petit garçon affichait un regard vide, exsangue d'insouciance enfantine. Comme évoqué par Salina, il ressemblait étrangement aux *reztavek* destinés à l'esclavage moderne, et plus si « affinités ». Il portait toute la misère du monde sur ses frêles épaules surplombant un corps squelettique au ventre gonflé. Résigné, il ne bénéficiait d'aucun geste tactile de la part de son accompagnateur, qu'il suivait somnambuliquement.

Le commandant ne pouvait ignorer les propos de Salina : « *des enfants arrivent aux pays et disparaissent on ne sait où, ni comment* ». Y assistait-il en direct ? Comment le savoir, d'autant que le duo venait de se volatiliser ? Avant de se soustraire, à son tour, au champ visuel de Salina, Blanco lui adressa un dernier regard, suffisant à lui faire comprendre qu'il avait identifié l'objectif. Par chance, Blanco les retrouva dans l'avion à destination de Paris-CDG, assis aux sièges 12A et 12B. Les places libres le permettant, Blanco put s'installer à proximité d'eux, au 14D, pour bénéficier d'un poste d'observation idéal. L'attitude des deux voyageurs ne fit qu'attiser sa curiosité. Insensible aux larmes qui coulèrent silencieusement sur les joues du gamin, au décollage, l'homme lui posa une batterie de questions en italien. Très scolairement, il répondait aussi bien dans cette langue, qu'en français ou en espagnol, en feuilletant son passeport belge. Cette relation semblait de plus en plus ambiguë. L'homme ne manifestait aucun geste paternel. Il ne pouvait s'agir d'un père et de son fils.

« *Chasser le naturel, il revient au galop* », Blanco réalisa que le professionnel prenait déjà l'ascendant sur le privé. À en oublier qu'il venait de quitter l'envoûtante Salina. Il s'accorda un *come-back* de leurs merveilleux moments, avant de trouver le sommeil. Au petit matin, à la descente de l'avion, il leur emboîta le pas jusqu'au filtrage policier, où l'attitude de l'homme devint moins aérienne. Les regards, qu'il adressa au petit, devinrent plus insistants. Cette relative tension n'échappa au policier adjoint de sécurité, perché dans l'aubette. Interrogé, le gamin répondit, craintivement, qu'il voyageait avec son père et qu'il rendait visite à sa maman, en Espagne. Devant le regard circonspect du trop jeune policier, le père, avec assurance, communiqua l'identité et le téléphone de la soi-disant mère. Dubitatif, l'agent nota les indications sur un morceau de papier et, en absence de collègue expérimenté, valida l'entrée sur le territoire français. Au passage, Blanco mémorisa le numéro RIO correspondant à l'identification du jeune fonctionnaire. Puis, il pressa le pas jusqu'aux bagages. Fort heureusement, il récupéra sa valise avant eux et s'embusqua à proximité de la sortie des passagers pour reprendre la filature. Le petit semblait complètement désorienté et apeuré. Ils montèrent dans un taxi, Blanco en fit de même et ordonna au chauffeur de les suivre.

La spirale était enclenchée, il se devait de découvrir le véritable statut de l'enfant. Changer ses plans à la dernière minute était monnaie courante. Il perdrait sans doute son billet TGV à destination de Lille. Mais à quoi bon s'inquiéter d'une futilité, alors qu'il pouvait passer à côté d'une affaire grave. Son mode de fonctionnement l'empêchait de se poser ce type de questions. Il suivait son instinct, point. À neuf heures trente, le taxi les déposa dans le 17ème arrondissement de Paris, avenue de la Porte-des-Ternes. Blanco leur enchâssa le pas, discrètement. Le père, couvert d'un épais manteau, et le fils, plutôt légèrement habillé et transi de froid en ce mois de décembre, pénétrèrent dans le hall d'entrée d'un immeuble haussmannien, au numéro 105. Le commandant poursuivit son chemin. Aucune erreur n'était permise. Pour avoir fait partie de leur environnement visuel durant le voyage, Blanco devait éviter de croiser leur regard. Le vent glacial lui brûlant le visage, il convenait de trouver un point d'observation abrité. Soit, il restait à proximité du 105 et s'installait en terrasse chauffée au *Ballon des Ternes* ; soit, il se positionnait du côté pair de l'avenue, au *Bistrô*. Il opta pour le second établissement qui lui offrait plus d'amplitude visuelle et de discrétion, la science du « *voir sans être vu* ». Déjà deux heures qu'il planquait. Son sentiment oscillait entre les souvenirs sensuels de la République dominicaine et les perspectives glacées de ce que son instinct lui laissait entrevoir, ici. Quasi à l'heure méridienne, son téléphone le sortit de ses pensées.

---Blanco, je suis sur le quai, tu es où ?

---Merde, désolé, Linda, je t'ai complètement zappée. Je suis encore à Paris. Je t'expliquerai tout à l'heure.

---La dernière fois que tu as employé ce ton, c'était pour la galère de l'incendie. Tu devais souffler. T'es sur quoi ?

---Une rumeur circule en République dominicaine quant à la disparition d'enfants. Et, j'ai voyagé derrière un père et son fils dont la relation n'était pas naturelle.

---Ouais, Blanco, mais tu es dans quel cadre ?

---Tu ne vas pas t'y mettre ! Il y en a déjà assez avec ces tauliers et leurs procédures sur papier glacé. Tu sais bien que, parfois, il faut mettre les mains dans le cambouis.

---Je sais, Blanco. Mais, est-ce le bon moment ?

---Il n'y a pas de bon ou mauvais moment lorsqu'il s'agit d'enfants. J'ai de sérieux doutes, d'autant qu'une amie me les a signalés à l'aéroport de *Las Americas*.

Ce n'était pas tombé dans l'oreille d'une sourde. Linda, un tantinet blagueuse, le taquina un peu.

---Une amie ? Je comprends mieux que tu n'as pas donné le moindre signe de vie depuis quinze jours.

---Linda, je raccroche, ils sortent de l'immeuble.

Les deux voyageurs montèrent précipitamment à l'arrière d'une flambante BMW série 7, noire, aux vitres teintées. Blanco n'eut pas le temps d'esquisser le moindre geste que le bolide se volatilisa. Il releva tout de même l'immatriculation, détenait cette adresse et pouvait identifier les deux voyageurs via la compagnie Air France. Il rappela aussitôt son adjointe.

---Passe-moi cette plaque au fichier, Linda.

---Je le fais sous ton matricule et sur ton ordi, cette fois-ci. J'ai eu assez d'emmerdes la dernière fois.

---Merci, Linda. Je prends le premier TGV. Tu seras dispo pour me récupérer à la gare de Lille-Europe ?

---Bien sûr, d'autant que le taulier veut te voir.

---Mais nous sommes dimanche ? C'est à quel sujet ?

---Aucune idée, il tient absolument à te parler. À toute.

Le temps d'avaler un jambon beurre et de piquer un petit roupillon dans le TGV, que Blanco débarqua déjà sur le quai. Malgré leur pudeur, la franche accolade révéla la joie des retrouvailles. Il est vrai qu'ils passaient la plupart de leur temps ensemble. Ils se rendirent immédiatement au Service Régional de la Police Judiciaire à Lille-Centre. Blanco expliqua plus en détail cette potentielle affaire. Linda lui glissa l'imprimé de l'identification de la BMW correspondant à un véhicule belge, ce qui augmenta davantage la curiosité du commandant. Le taulier, l'œil sévère, les attendait déjà. Ce divisionnaire en fin de parcours, flirtant avec la soixantaine, n'avait plus, pour seul objectif, qu'une reconversion au poste de « Monsieur Sécurité » à la mairie lilloise. S'il avait bourlingué, l'usure du métier avait eu raison du flic. D'ailleurs, depuis quelque temps, il s'interdisait le moindre écart, son intérêt pour le collectif s'étant effacé au profit de son confort personnel. Même Blanco, qu'il avait pourtant adulé, représentait maintenant un danger pour sa petite popote. Linda et Blanco entrèrent dans son immense bureau.

---Commandant, quelle mine superbe.

---Je n'en dirais pas autant de vous, Monsieur.

L'air gêné de Linda contrasta avec celui décontracté de Blanco qui pouvait se permettre de le chambrer un peu. Il lui avait sauvé la mise, à maintes reprises, sur des affaires qui défrayèrent la chronique dans les Hauts-de-France. Deux préfets successifs avaient failli le faire sauter en raison de la pression médiatique causée par des enquêtes au point mort. Mais Blanco avait neutralisé les malfrats, juste à temps.

---Toujours aussi direct, à ce que je vois, Commandant.

La capitaine tenta vainement de s'esquiver.

---J'imagine que vous avez des choses à vous raconter ?

---Restez, Capitaine. Vous êtes également concernée.

Le discours fut non négociable. Après le remue-ménage de l'incendie criminel de Maubeuge, le taulier ordonna au commandant de n'engager aucune affaire sans qu'il n'en soit averti. Il incombait à la capitaine de l'aviser, par tout moyen, du non-respect de ces consignes. Ce monologue réduisit à néant tout le bien-être emmagasiné par Blanco lors de son séjour caribéen. Agacé, il se leva et avisa fougueusement son directeur.

---Si vous en avez terminé, permettez-moi de disposer. Dernière chose. Si, par malchance, vous faisiez l'objet de quelconques pressions comme par le passé, ne comptez pas sur quelqu'un de raisonnable, comme vous le dites si bien, pour vous sortir du pétrin. À bon entendeur, salut !

Énervé, Blanco sortit sans attendre la réponse du directeur médusé. Linda ne savait plus où se mettre.

---Je peux, Monsieur ?

« *Qui ne dit mot, consent* », elle quitta discrètement le bureau, referma délicatement la porte, avant de se rendre dans celui de son commandant, qui avait déjà fait valser la poubelle métallique cabossée contre le mur.

---Ils me cassent tous les couilles avec leurs petits intérêts personnels, ces abrutis de carriéristes.

---Du calme, Blanco. Laisse couler. Il est encore sous l'effet de la remontée de bretelles de la place Beauvau de cette semaine, à cause de ton affaire d'incendie.

---À cause de mon affaire d'incendie ! C'est toujours le même refrain. Ces gens ont tendance à oublier qu'il n'y aurait pas eu d'enquête, s'il n'y avait eu d'acte criminel !

---Je sais Blanco. Mais tu connais le système.

---Je pars quinze jours et tu deviens un mouton ? Bon, je prends une caisse et je rentre chez moi. À demain.

Le retour dans son loft du Vieux-Lille ne suffisait pas à estomper son humeur massacrante. Il se posa un instant pour téléphoner à la jolie Salina qu'il n'avait pas eu le réflexe d'appeler, depuis son arrivée dans l'hexagone.

---Mais Blanco, tu m'as fait peur, je n'ai aucune nouvelle de toi. J'ai cru qu'il t'était arrivé quelque chose.

---Désolé. J'ai filoché, jusque dans Paris, le père et son fils que tu m'avais signalés. Comment les as-tu repérés ?

---Le garçon ressemblait à un *reztavek*. Son regard était éteint, il n'avait pas l'attitude enjouée des autres enfants. Ses vêtements étaient propres, mais trop grands pour lui. Maintenant, je comprends mieux comment ils disparaissent, via l'aéroport. Son accompagnateur avait tout d'un passeur. Tu as bien vu, la policière leur a fait emprunter un autre circuit.

Blanco resta muet quelques instants. Les propos de la charmante Salina l'encourageaient à poursuivre ses investigations. Il sortit, de la poche arrière de son jean, la fiche d'identification de la fameuse BMW dans laquelle les deux voyageurs étaient montés ce matin. Il écourta la conversation téléphonique outre-Atlantique pour contacter un homologue belge. Après s'être remémoré l'issue favorable d'une enquête récente concernant des braquages commis dans la région du Hainaut, en Wallonie, par un gang de Roubaix, Blanco lui demanda des renseignements sur l'historique de cette berline.

---Commandant, cette voiture appartient à une importante société belge. Je n'ai pas poussé mes investigations plus loin, car le PDG de cette boîte est l'un des plus réputés diamantaires de la plate-forme mondiale du *Vestingstraat* d'Anvers. J'ai sûrement évité de provoquer un message d'alerte. Vous êtes sur quoi ?

---Je ne le sais pas encore vraiment, Capitaine Remens.

---Il possède une immense propriété dans le quartier chic de Marcinelle, au sud de Charleroi. Par prudence, je vous communique l'adresse par WhatsApp. N'hésitez pas à me solliciter. Je vous dois une fière chandelle.

Le commandant Blanco regarda immédiatement le cadran de sa montre qui affichait dix-huit heures. Déjà trop absorbé par cette histoire, ni le *jet lag* ni rien d'autre, de toute façon, ne pouvait arrêter l'insatiable curiosité de cet accro aux enquêtes judiciaires. Il prit le volant de sa voiture de service et enquilla les cent vingt kilomètres d'autoroute pour arriver, une heure et demie plus tard, devant cette immense bâtisse bourgeoise du quartier résidentiel de Marcinelle. La nuit glaciale enrobait déjà la demeure bordée d'épais murs en pierre. Le seul accès se réalisait via un immense portail digne de celui du *château de Maisons-Laffitte*, qui donnait sur une sorte de cour d'honneur revêtue de gravillons. Blanco put y distinguer la présence de trois grosses berlines allemandes, dont la fameuse BMW série 7. Il parvint à relever l'immatriculation des deux autres et partit se garer, à quelques encablures, au bord d'une rivière en sommeil. L'ambiance à proximité de cette propriété semblait paisible. Pour autant, Blanco sentait qu'il s'y passait quelque chose d'anormal. Il ne croyait pas au hasard des rencontres, en général. Et le fait que Salina lui ait indiqué les cibles à l'aéroport de *Las Americas*, suffisait amplement à l'en convaincre. Un difficile dilemme lui bousculait les neurones. Il s'interrogea à voix haute.

---Et si ce petit était en danger dans cette propriété ? Je suis totalement impuissant, ici, à l'étranger, sans cadre d'enquête. Mon unique chance aurait été d'entendre le moindre gémissement pour faire appel à la police locale. Mais, là encore, comment justifier de ma présence ici ?

Finalement, au bout d'une heure, Blanco fit retour à la base. D'une part, il n'y avait pas matière à déclencher une quelconque action, surtout de l'autre côté de la frontière ; d'autre part, il ne s'agissait pas d'attirer l'attention trop rapidement. Impatient, il fit tout de même un tour au bureau pour y passer les deux plaques au fichier des cartes grises. A sa grande surprise, l'une des deux Mercedes, la classe E, appartenait à une société domiciliée au 105, avenue de la Porte-des-Ternes à Paris 17ème. Là où les deux voyageurs avaient fait une halte ce matin. L'autre, une CLS 500, correspondait à un autre groupe dont le siège social était basé à Hirson dans l'Aisne, ville située à la limite sud du département du Nord. Le commandant, qui commençait à ressentir quelque peu la fatigue du voyage, regagna son appartement du Vieux-Lille. Sa nuit fut profondément mouvementée, comme lorsqu'il végète en pleine affaire judiciaire. Il cauchemarda sur des enlèvements de miséreux petits enfants, sans qu'il puisse leur venir en aide. Lui, qui d'habitude se levait à la première heure, n'échappa au décalage horaire. Il sursauta, à neuf heures, en raison du coup de téléphone de la capitaine Linda, dont la voix grave le fit émerger aussitôt.

---Blanco, c'est Linda. T'es où ?

---J'avais pas vu l'heure. Il y a quelque chose sur le feu ?

---C'est plutôt à toi de me le dire. Le taulier te cherchait avec la mine des mauvais jours. T'as fait quoi, hier soir ?

---Je suis juste allé vérifier un petit truc. Je t'expliquerai.

Au service, une demi-heure plus tard, il fut aussitôt alpagué par son commissaire divisionnaire dont l'air anxieux laissa présager du reste.

---Suivez-moi, Commandant. Inutile de chercher votre adjointe, elle se trouve déjà dans mon bureau.

Blanco, s'asseyant auprès de la capitaine à la mine défaite, attendait que son patron ouvre le bal.

---Il m'avait semblé avoir été suffisamment clair, hier. Je ne sais pas comment vous faire comprendre les…

Déjà agacé, Blanco lui coupa la parole.

---Bon, accouchez ! Qui ai-je dérangé, cette fois-ci ?

---Vous voyez comment vous vous adressez à moi, alors que j'essaye de vous venir en aide !

---Si je ne m'abuse, jusqu'à ce jour, c'était plutôt l'inverse. Faut-il vous rappeler le *vase de Soissons* !

---Je vous ai suffisamment remercié par le passé. Je vous somme de m'écouter. Je viens de recevoir un appel de la direction centrale au sujet d'une alerte que vous avez déclenchée, hier soir, lors de l'identification d'une Mercedes faisant l'objet d'une attention particulière. Traduction faite, ce véhicule est sous protection. Cette recherche fichier a été réalisée à partir de votre matricule 339.995. Je ne sais pas dans quoi vous avez encore l'intention de vous fourrer. De quoi s'agit-il, cette fois ?

---J'ai exploité l'info d'un tonton. Il doit y avoir une erreur sur le relevé du numéro de la plaque d'immatriculation, car il était question d'une Porsche Cayenne devant servir à un prochain *go fast*.

---Vous confirmez cette information, Capitaine ?

---Oui. Mais j'apprécie moyennement que vous me mettiez dans cette position embarrassante, Commissaire.

---Bon, je vais rendre compte à Paname. Et n'oubliez pas, je veux tout savoir, maintenant. Vous pouvez disposer.

Furieuse, Linda prit sa veste dans son bureau et fila en claquant violemment la porte. Blanco la rattrapa par le bras et l'invita à prendre un café au bar du coin.

---Tu vas nous foutre dans la merde, Blanco ! Tu vois bien que le taulier est à vif, merde ! Tu choisis mal ton moment ! Tu devais lever le pied. Oui ou non ?

---Du calme, Linda, je sens qu'on touche du doigt une grosse affaire. On ne doit pas laisser tomber ces pauvres enfants, sous prétexte que la hiérarchie désapprouve. Tu le comprends, j'espère ?

---T'as que dalle sur ce coup et tu t'attires déjà les foudres de la hiérarchie. Tu comptes t'y prendre comment, cette fois-ci, Blanco ?

---Je poursuis en freelance. Je vais prendre deux téléphones vierges pour que l'on communique sur cette affaire. Alors prudence, t'as compris que la Merco de Paris ne sent pas très bon.

---Ouais, j'ai entendu le taulier. Mais tu sais que tu pourras compter sur moi, comme d'habitude.

---Je sais, Linda. Merci. J'ai beaucoup de chance de t'avoir. Faut que je reprenne l'affaire dès le début, à l'aéroport de *Las Americas*.

2- Prémices d'un réseau de *reztavek*.

Comme dans la résolution de la plupart de ses enquêtes, le commandant Blanco reprenait à la source. L'un de ses amis, Olivier, cadre chez Air France, lui communiqua les identités des deux passagers : José Luis Enriquez, trente-deux ans, et son fils, Pedro, neuf ans ; ainsi que la référence des passeports belges. Le hasard faisant souvent bien les choses, lors de sa balade avec Salina au centre de Santo-Domingo, Blanco avait croisé le chemin d'un ancien pote de la 38ème promo d'élèves inspecteurs. Philippe bossait à l'ambassade de France en République dominicaine pour le compte de la Direction de la Coopération Internationale (D.C.I.). Ils s'étaient remémoré les bons souvenirs et échangé les coordonnées.

Ainsi, Blanco put reprendre contact pour l'informer de ce dossier officieux, qu'il convenait d'aborder discrètement et diplomatiquement pour éviter de nouvelles tensions entre la France et le pays hôte. Celles-ci n'étaient pas totalement apaisées depuis l'affaire d'*Air Cocaïne*, à l'aéroport international de *Punta Cana,* en 2013, ponctuée par l'exfiltration, pour le moins ambigüe, des deux pilotes français, en 2015. Pour autant, le commandant se doutait que ses éléments de langage intéresseraient cet ancien fin limier de la sûreté départementale du 94, s'ennuyant quelque peu dans ses nouvelles fonctions. Blanco savait que ce quinquagénaire avait suffisamment de bouteille pour brouiller sa source, en officialisant une information anonyme ou un autre subterfuge, si d'aventure cette affaire rebondissait.

Le capitaine Philippe se mit à la tâche dès le lendemain. Fort des éléments reçus, il prétexta, sous couvert du volet *faux documents* qu'il enseignait à ses homologues de l'immigration dominicaine, une analyse des pièces présentées par les passagers du vol Air France, SDQ/Paris CDG, du 1er décembre 2018. Au cours de l'exercice, l'un des stagiaires, le capitaine Rodriguez, en poste à l'aéroport concerné, détecta une anomalie liée à la vérification des titres de transport, dont deux n'avaient pas fait l'objet du contrôle numérique ad-hoc. Le formateur ne fut pas surpris qu'il s'agisse des deux passeports belges des Enriquez. C'est aussi facilement que Philippe déclencha une saisine officielle, dont se chargea le capitaine Rodriguez. Blanco ne fut pas étonné de l'intelligence de jeu de son pote de promo. Fervent adversaire de la gasconnade, peu bavard, il était d'une efficacité redoutable. C'est à la suite d'une grosse enquête de stups titillant la sensibilité des sphères dirigeantes, qu'il décidait de prendre le large, à huit heures d'avion de la capitale. Qui plus est, sous le soleil. Dès le lendemain, excité comme au premier jour, il rappela le commandant.

---Tu as eu le nez fin, Blanco. Le passeport du petit Enriquez est un vrai-faux. Le Capitaine Rodriguez pense que ce document a été délivré en *off* par un employé du consulat de Belgique, basé près de mon ambassade.

---Excellente nouvelle. Tiens-moi au jus de l'évolution.

De son bureau, Linda observa la mine enjouée de son chef de groupe, contrastant avec la gravité que son visage exprimait juste avant ce coup de fil. Curieuse, elle traversa le couloir les séparant et l'interrogea.

---C'était Salina ou un bon retour dans l'affaire *niño* ?

Ils avaient convenu d'employer ce nom de code discret, signifiant *petit garçon*, en espagnol.

---La seconde option. Le passeport du petit est un vrai-faux détourné du consulat de Belgique. Je crois que nous sommes sur la bonne piste. Je vais contacter l'adjoint de sécurité de l'aéroport Paris Charles-de-Gaulle.

Blanco n'eut aucun mal à identifier ce jeune policier grâce à son numéro RIO relevé discrètement lors du contrôle. Pour ne pas attirer l'attention de l'Institution police, jouant bien souvent un rôle controversé, selon le commandant, il fut mis en relation avec lui, via son ami Olivier d'Air France. Le novice-agent avait eu le bon réflexe de conserver le petit morceau de papier comportant les nom et numéro de téléphone de la soi-disant mère du petit. Blanco lui préconisait de ne pas ébruiter ce bref entretien téléphonique, ce que respectât le jeune policier impressionné. Précisant qu'il le tiendrait informé si, de son précieux renseignement, l'issue de l'enquête était favorable. Blanco ne rencontra aucun problème pour la localiser, grâce à l'intervention d'un autre camarade de promo, Pierrot, qui occupait le poste d'officier de liaison *stups* à Madrid, au sein, lui aussi, de la D.C.I. Il y a deux ans, ils avaient démantelé, en étroite collaboration, un réseau de trafiquants lillois et marocains. Il s'agissait d'échanges de véhicules haut de gamme, volés dans le nord de l'Europe, contre des cargaisons de résine de cannabis, la réputée *Beldia*. Les transactions se réalisaient à Algésiras, dans la province espagnole de Cadix. Dès le renseignement obtenu, Blanco fit irruption dans le bureau de Linda.

---Je pars trois jours pour *La Jonquera*. Mon contact vient d'y localiser la mère Enriquez qui gère quelques filles dans un bordel. Nous communiquerons via nos deux téléphones vierges. Tu actionneras mon téléphone pro, ici. Je ne veux pas être borné là-bas, pour l'instant.

---Le taulier s'étonnera que tu poses un nouveau congé ?

---Tu lui diras que j'ai pris goût aux vacances. (Sourire)

Blanco passa un rapide coup de fil à Salina, pour l'informer de l'orientation officielle de l'enquête du côté de Santo-Domingo. Elle lui manifesta toute sa gratitude : « *enfin quelqu'un qui s'occupe de ces pauvres petits* ». Elle ne put exprimer le vide laissé par son départ, Blanco, accaparé par l'affaire, avait déjà raccroché. S'il pouvait être tactile et prévenant hors activité judiciaire, *a contrario*, il prenait la distance nécessaire pour ne pas nuire au bon déroulement de ses investigations. La jolie dominicaine ne fut pas surprise, il ne lui avait pas caché les défauts de ses qualités.

Après avoir récupéré quelques effets personnels, il prit la route de l'Espagne à dix-huit heures pour arriver à destination vers sept heures. Il s'offrit un copieux petit-déjeuner, se reposa jusqu'à midi, dans un petit hôtel, proche du *Club Paradise*, où bossait Carolina Enriquez. C'était l'un des plus grands bordels d'Europe, à deux pas de la frontière franco-espagnole. Ouvert 24h/24h, 7j/7j, le commandant n'eut aucune peine à y retrouver la jeune mère maquerelle, grâce à la photo transmise par son correspondant madrilène. Ses années de tapin ayant décuplé son sens de l'observation, elle détecta aussitôt le flic. L'habituel « *que puis-je pour toi, chéri ?* », laissa place au rugueux « *que veux-tu ?* ». Blanco apprécia cette brillante perspicacité à sa juste valeur.

---Parfait. Moi qui déteste perdre du temps. Il faut qu'on discute ma belle. C'est au sujet de ton mari, José-Luis.

---Laisse-moi cinq petites minutes, on se retrouve à *La Casa Domingo Merendero,* à la sortie Sud de la ville.

Le commandant sortit sans sourciller. Se fiant à son instinct, cette femme lui inspirait confiance. Comme demandé, il s'installa à la table discrète du fond. La plantureuse Carolina arriva rapidement. Inquiète, elle questionna aussitôt son interlocuteur, s'exprimant dans un bon français coloré d'un charmant accent espagnol.

---A-t-il eu des problèmes ? Je suppose que tu es un flic français ?

---Non, pas encore. Mais il pourrait en avoir prochainement. Je suis flic à la P.J. de Lille. On m'appelle Blanco, dans le milieu.

---J'ai entendu ton nom circuler, ici, il y a quelque temps. Ça concernait un vaste réseau de voitures de luxe volées dans le nord de l'Europe et de la came en provenance du Maroc.

---C'est exact, je vois que tu es bien renseignée. L'info circule bien chez vous.

---Je suppose que tu m'as trouvée grâce à tes contacts espagnols. Je n'ai rien à gagner dans cette affaire. Mais je vais coopérer avec toi, car tu sembles clean. Que veux-tu savoir exactement concernant mon jumeau ?

---Ton jumeau ?

---Oui, je suis sa jumelle. Il ne s'agit pas de mon mari.

---D'accord. J'aimerais bien savoir ce qu'il fabrique avec ces enfants.

---Il a soutenu qu'il agissait pour leur bien. J'ai été surprise, également, d'autant que nous avons tous deux un très lourd vécu dans ce domaine.

---Alors commençons par le commencement, si tu veux bien ? Ensuite, on reviendra sur le sujet qui m'intéresse.

Carolina Enriquez monologua pendant deux bonnes heures pour retracer son triste parcours et celui de son frère, José-Luis. Blanco resta muet face au terrible récit. Leur calvaire débutait dès leur naissance, en 1986, en République dominicaine, issus d'une famille très pauvre, orphelins de père. La mère élevait, seule, six autres enfants de géniteurs différents. Ses petits jobs ne suffisaient pas à remplir le ventre souvent vide des huit minots. Malgré la beauté singulière des jumeaux, attisant les convoitises du tourisme sexuel très prisé dans ce pays, elle s'interdisait, durant de nombreuses années de sollicitations, de vendre les services des *twins*, nonobstant une cruelle misère. Cependant, fin juillet 1996, atteinte d'une maladie orpheline, elle ne put résister à la proposition d'un intermédiaire de les lui acheter pour la somme de quatre cent mille pesos dominicains. Cet argent inespéré garantissait au moins un repas par jour pendant deux à trois ans, sachant qu'il y aurait deux bouches en moins à nourrir. Ce passeur lui promettait qu'ils seraient adoptés et élevés ensemble par un couple aisé en Europe. Complètement démunie, elle accepta le deal en dépit d'un déchirement sans nom. « *C'est une belle preuve d'amour, Madame* », lui avait rétorqué l'intéressé. C'est ainsi que, quasiment dans l'heure, pour éviter une potentielle rétractation de la pauvre femme, cet homme embarquait les jumeaux à bord d'un cargo, à destination d'Anvers.

Cette séparation était d'autant plus déchirante, qu'à dix ans, les petits avaient parfaitement conscience de ne plus jamais revoir leur famille. Ils se serrèrent l'un contre l'autre pendant les quinze jours d'une pénible traversée. Leur accompagnateur, au préalable plutôt convenant, changeait d'attitude à l'approche des côtes belges. Les menaces tétanisèrent les *twins* : « *si vous la ramenez, je m'occuperai personnellement de faire du mal à vos frères et sœurs* ». Et que dire de cette phrase cinglante qui ne quittait jamais Carolina : « *de toute façon, votre mère se moque de savoir ce que vous allez devenir, elle vous a vendus pour quelques bouchées de pain* ». Froidement débarqués dans une nuit trop fraîche pour eux, ils montaient à l'arrière d'une fourgonnette, couchés sur une couverture souillée, à la désagréable odeur de cambouis. Apeurés, transis de froid, ils se blottissaient l'un contre l'autre et s'endormaient d'épuisement. Deux heures plus tard, réveillés sans ménagement, ils étaient séquestrés dans une minuscule pièce en sous-sol d'une sorte de maison désaffectée, à Marcinelle. Les pauvres étaient morts de peur. Le seul élément qui leur rappelait leur ancienne vie se matérialisait par la résonance de leur ventre vide, maigre consolation. Le lendemain, 13 août, dans la précipitation, ils étaient déplacés et enfermés dans l'une des chambres d'une immense demeure, à proximité de la modeste habitation. Durant quelques jours, ils crurent leur calvaire terminé, dormant dans des lits aussi propres que confortables, mangeant à leur faim dans de jolies assiettes, avec des couverts qu'ils peinaient à maîtriser, et portant, pour la première fois de leur existence, d'agréables pyjamas. Un samedi soir, ils découvraient le comble du luxe. Une servante philippine leur fit prendre un bain moussant, aux senteurs de lavande. Jamais, ils n'avaient connu pareille sensation de douceur et de bien-être, à en oublier presque la douleur de l'éloignement. Même la toilette approfondie ne les interpellait pas. Ensuite, ils étaient parés d'une sortie de bain en coton, qui leur caressait lascivement la peau. Ils repensaient, un instant, aux propos racoleurs du passeur. Avait-il donc dit la vérité à leur pauvre mère, lorsqu'il lui promit un avenir meilleur pour les jumeaux ? Malheureusement, l'espoir fut de courte durée et cédait la place à une amère désillusion, lorsqu'ils étaient emmenés dans une pièce sombre, aménagée au sous-sol. Ils échangeaient des regards aussi interrogateurs qu'anxieux. Ils ne comprenaient pas encore les raisons de cette mise en scène, de la présence de ces dizaines de bougies allumées, de cette musique macabre. Pourquoi les avoir immobilisés ainsi dans cette pièce calfeutrée ? Ils allaient vite l'apprendre à leurs dépens. Une à deux minutes plus tard, quatre couples, totalement dévêtus, arborant uniquement perruques et masques, pénétraient dans cette salle lugubre. Après avoir été observés telles des bêtes de foire, pendant d'affreuses minutes, par les huit lascars quadragénaires, étouffant de rires et de grognements obscènes, les deux enfants réalisaient, alors, le sort qu'ils allaient subir.

Le commandant fut stupéfait devant le contraste entre les larmes sporadiques qui coulaient sur les joues de Carolina et la froideur, voire la distance, qu'elle sembla manifester lors du récit. La contradiction comportementale était pour le moins bluffante, à la limite de la bipolarité.

---Vous vous rendez compte, Commandant Blanco, même lorsque mon jumeau m'a retrouvée, il y a deux ans, nous avons été incapables de nous regarder droit dans les yeux.

Le pire est que nous avons honte de ce que ces salauds nous ont fait subir ! Après ce viol collectif filmé par deux caméras, José-Luis et moi avons été définitivement séparés.

Ne voulant afficher aucune marque de faiblesse, elle se sécha discrètement les joues, puis reprit sa narration, après avoir bu le verre d'eau fraîche que Blanco lui présenta. Son frère l'informait, lors de leurs retrouvailles en 2016, qu'il avait été élevé par une famille bourgeoise de la proche banlieue bruxelloise, sans faire de commentaire sur les conditions de son éducation. Quant à elle, le mauvais sort avait parsemé sa route. Livrée à un couple belge de la région de Charleroi, elle faisait parfois l'objet de viols collectifs commis par des notables des quatre coins de l'Europe. Le reste du temps était dédié aux tâches ménagères dans la somptueuse demeure des pseudos parents adoptifs. À l'âge de quinze ans, à la suite d'une interruption volontaire de grossesse clandestine, elle réussit à échapper à la vigilance de ses maîtres. Malheureusement, elle tombait dans les mains d'un proxénète hispanique qui la rendait accroc à l'héroïne et l'obligeait à faire le trottoir en banlieue madrilène, pendant cinq longues années. À la suite d'un ramassage de police, son gigolo était incarcéré. Ainsi, elle tapina à son compte pendant presque dix ans, avant de reprendre la gérance du *Club Paradise*, appartenant à l'un de ses ex-habitués, un grand homme d'affaires espagnol.

Deux nouvelles larmes glissèrent sur le visage de Carolina. Elle avisa Blanco d'un ton qui lui hérissa le poil.

---Vous imaginez, Commandant, nous avons passé quelques jours ensemble sans pouvoir nous regarder franchement. Ce dernier regard d'effroi à l'âge de dix ans ne nous permettra plus le moindre échange innocent. Il m'a expliqué beaucoup de choses sur les raisons de notre présence en Belgique, à l'époque. Nous avions été livrés à l'abominable *Marc Dutroux*. Mais notre arrivée coïncida avec son arrestation du 13 août 1996. C'est pour cette raison qu'on nous a transférés précipitamment dans cette demeure à Marcinelle, à deux kilomètres de l'endroit, où certaines pauvres victimes de ce pervers ont été retrouvées mortes, et d'autres vivantes, en piteux état.

Blanco s'étonna que le jumeau eût autant d'éléments sur cette affaire qui avait défrayé la chronique à travers le monde. Il interrompit son interlocutrice.

---Comment José-Luis connait-il autant de détails ?

---Il a eu la pudeur de ne pas tout me dire sur ses conditions de détention, m'expliquant juste que sa famille adoptive lui avait permis d'obtenir un bon poste à la ville de Bruxelles. Je me suis un peu fâchée lorsqu'il m'a dit que, sous couvert de son fonctionnariat belge, il exerçait la mission officieuse de passeur de *Reztavek* pour des familles riches. Il m'a assuré qu'il ne s'agissait pas de réseaux pervers, mais uniquement d'enfants destinés à l'esclavage moderne pour des tâches domestiques. J'ai accepté de lui servir de couverture, en cas de contrôle.

---J'ai vraiment besoin de lui parler, Carolina.

---Vous me jurez qu'il ne risquera rien, Commandant. C'est un garçon qui a beaucoup souffert. Je suis persuadée qu'il dit vrai, lorsqu'il soutient ne pas destiner ces pauvres enfants aux réseaux internationaux pédophiles.

---Ma parole ne tiendra que si vous dites vrai. Mais à deux conditions. *Primo*, qu'il ne soit pas impliqué dans un trafic pédophile ; *secundo*, qu'il coopère. Auquel cas, je ne pourrais lui faire de cadeau. Il en va de l'intérêt de ces pauvres enfants. Et vous savez de quoi je parle, malheureusement. J'insiste pour que vous me le passiez.

---D'accord, mais souvenez-vous qu'il agit contre le mal, contrairement aux apparences, Commandant.

L'échange téléphonique se réalisa selon les conditions imposées par Blanco, qui eut même la possibilité de fixer un rendez-vous avec le jumeau. Il remercia la pauvre fille, devenue mère-maquerelle par la force des choses. Après une accolade plus compatissante que chaleureuse, Blanco reprit immédiatement la route du Grand Nord. Dès son retour à Lille, le lendemain vers quatorze heures, après un bref débrief avec Linda, il appela son pote de Santo-Domingo.

---Alors, mon cher Blanco, tu étais injoignable ?

---C'est vrai, mais je suis allé à la pêche au renseignement pour notre affaire. Tu as du nouveau de ton côté ?

--*Primo*, la policière de l'immigration, qui a facilité le passage des deux intéressés, a reconnu avoir été approchée par Enriquez, il y a deux ans. Elle touchait cent mille pesos dominicains par mission, soit environ mille quatre cents euros. Elle a reconnu avoir favorisé trois transports de *reztavek* et dort déjà en prison.

---Bravo, Philippe. Et pour le vrai-faux passeport belge ?

---*Secundo*, tu sais qu'on est bien loin des méthodes à la française, ici. Elle a été contrainte de balancer un agent du consulat de Belgique qui s'est mis à table sur huit passeports détournés ces quatre dernières années. À l'instar de la fliquette de l'immigration, il était rémunéré, mais à hauteur de trois mille dollars US par document.

---Toujours aussi efficace à ce que je vois, l'ancien.

---Tu connais mon adage : « *vouloir, c'est pouvoir* ».

---Je m'le rappelle toujours dans les moments compliqués.

---*Tertio*, José-Luis Enriquez a réalisé cinq passages d'enfants avec le même passeport au nom de Pedro Enriquez. Deux garçons de sept ans, en 2016, deux autres de huit ans, l'année suivante, et celui de neuf ans, ce 1er décembre 2018, que tu as pris en direct. D'après le document délivré par le bourgmestre à Bruxelles, le José-Luis aurait trente-deux ans.

---Sa jumelle ne semblait au courant que de deux passages de *Reztavek* en deux ans.

---D'où sort cette fille, Blanco ?

Le commandant lui narra les précieux éléments recueillis auprès de Carolina Enriquez, la supposée mère de circonstance, en cas de pépins.

---Moi qui pensais que tu te rouillais un peu. Mais, le Sieur Enriquez doit-être au courant de notre affaire, alors ?

---Nous avons rendez-vous, demain midi, dans le Vieux-Lille. Pour l'instant, il sait être identifié sur un seul passage. Il a compris son intérêt et celui de sa jumelle.

---Nous avions vaguement entendu parler d'un trafic de *Reztavek*. Grâce à toi, nous avons pu en prouver l'existence. C'était l'un des agents de l'immigration qui brouillait les pistes. Mais elle ne doit pas être la seule.

---Je t'appellerai après le rencard, Philippe. Notre intérêt commun est qu'il reste à disposition pour faire avancer l'enquête. Il doit y avoir du beau monde là-dessous.

---Tu as raison, si tu le mets au chaud, nous sommes cuits.

Le lendemain, à l'heure méridienne, l'homme se présenta à *La Capsule*, un estaminet de la rue des 3 mollets, classé parmi les meilleurs bars à bières mondiaux. Les préliminaires furent brefs. Avant d'entrer dans le vif du sujet, José Luis demanda à Blanco que leurs deux téléphones portables soient éteints. Ce qui ne posa aucun problème au flic averti, qui avait pris soin de dissimuler un dictaphone numérique dans la poche intérieure de son vieux perfecto. Le commandant avait anticipé cette réaction et lui proposa de les mettre en sécurité dans le coffre du cabaretier. Ce qui sembla soulager l'invité, ne se doutant pas qu'un traqueur allait être installé dans son iPhone, via l'intervention discrète de la capitaine Linda. Blanco lui donna la parole.

---Je vous reconnais, maintenant. Vous étiez assis juste derrière nous dans l'avion. Vous me filochiez déjà ?

Blanco, qui ne négligeait jamais l'importance d'une mise en bouche, réajusta immédiatement le tempo.

---Que ce soit bien clair, José-Luis. Pour l'instant, vous n'êtes pas en position favorable pour poser les questions. Je vous demande de vous exprimer clairement sur cette affaire. Vous savez très bien que je suis en mesure de vous arrêter sur le champ. Votre unique chance de vous en sortir est de coopérer pour démanteler la filière. Au moindre accroc, je promets de vous mettre au frais pour quelque temps. Il en va également de l'intérêt de votre jumelle. Je vous écoute, maintenant, parlez.

José Luis, surpris par ce changement brutal de ton, avala sa salive, avant de donner son explication.

---Ok, excusez-moi. Vous savez ce qu'il s'est passé avant notre arrivée à Marcinelle, alors je reprends l'historique à partir de la séparation d'avec ma jumelle en 1996, juste après le viol. J'ai subi plusieurs agressions de ce type, lors de macabres soirées régulièrement organisées le samedi, dans cette même demeure. Mon calvaire a duré deux années, même si mes conditions de détention étaient relativement acceptables, dans la mesure où, pour la première fois de ma vie, je mangeais à ma faim et je dormais dans des draps. J'ai appris la langue française en regardant la télévision dans ma chambre de confinement. J'ai ensuite été confié à l'un des couples qui participaient à ces évènements, des gens riches de la proche banlieue bruxelloise. Si je subissais quelques assauts sexuels sporadiques du mari, qui me demandait parfois d'inverser les rôles, mes circonstances de vie s'amélioraient nettement. Puis, vous connaissez le *syndrome de Stockholm*, je ne vous fais pas de dessin.

Stupéfait, Blanco observait la froideur avec laquelle le passeur racontait son supplice. Aucun sentiment ne transparaissait sur son visage sans âme. Se sachant observé, l'invité continua sa narration, comme pour esquiver d'éventuelles questions embarrassantes.

---Vous savez, Commandant Blanco, j'ai fait passer cet enfant, car je suis certain qu'il ira dans une bonne famille italienne. Et si la séparation avec sa mère a été traumatisante, il ne subira pas l'horreur, contrairement à ma sœur et moi. Quelqu'un d'autre l'aurait fait à ma place. Alors, autant que ça soit moi, qui connais malheureusement ce que pouvait ressentir le petit garçon.

---Vous ne pouvez pas présager de ce qu'il encourt. Qu'en avez-vous fait ? Où pouvons-nous le retrouver ?

---Vous nous avez surement suivis, ce 2 décembre, jusqu'à Paris *intra-muros*. Ensuite, nous avons été déposés à Marcinelle, pour que l'enfant soit transféré en Italie. Je ne sais pas s'il se trouve encore dans cette grande propriété, car j'ai été reconduit aussitôt chez moi, à Bruxelles.

Ce José-Luis ne lui inspirait pas confiance, le feeling ne passait pas. Blanco n'était pas dupe. Il savait que son interlocuteur ne se mouillerait pas trop à ce stade de l'enquête. Enriquez était conscient que le commandant l'utiliserait, sinon il l'aurait déjà serré. Un autre élément interpellait Blanco. Pourquoi, après tant d'années de séparation, mouillait-il ainsi sa jumelle ? À l'évidence, il ne l'avait pas retrouvée par hasard et s'en servait d'alibi, dans le réseau, en cas de contrôle frontalier poussé, sous couvert de sa qualité de pseudo mère des *reztavek*. Nonobstant son terrible parcours, rien de ce qu'il était devenu, n'émut le flic, qui feignit l'agacement pour que son vis-à-vis ne se doute pas qu'il allait être géolocalisé par le traceur GPS inséré dans son portable.

---Sérieusement, c'est un peu léger comme explication. Vous ne trouvez pas, Monsieur Enriquez ?

---Je sais que ça peut vous paraître surprenant, mais aujourd'hui, j'ai une situation stable à la ville de Bruxelles. J'ai uniquement effectué ce passage pour faire d'une pierre deux coups. Tenter de revoir ma mère et prendre un billet de trois mille euros, grâce au passage du petit.

---Revoir votre mère ? Après toutes ces années ?

Peu convaincant, Enriquez répondit évasivement.

---Les conditions n'étaient pas réunies, je ne l'ai pas revue.

Ne portant aucun crédit aux propos de son interlocuteur, il continua à lui poser quelques questions.

---Qui vous a contacté pour effectuer cette mission ?

---Un ancien satellite de *Marc Dutroux*. Il m'a retrouvé par hasard dans les rues de Bruxelles. Je ne connais pas son nom. Autant vous dire que je ne cherche pas trop à savoir, il ne fait pas bon tournoyer autour de ces gens.

---Mais l'affaire *Dutroux* est loin derrière maintenant ? Et vous n'avez pas été tenté de vous venger ?

---Non. *Dutroux* n'était que l'arbre qui cachait la forêt, il a tout bonnement servi de fusible. Vous savez, Commandant, le système n'a pas véritablement changé.

---Vous m'en dites trop ou pas assez, soyez plus explicite.

José Luis Enriquez recula sa position assise, s'adossant solidement à la banquette en cuir rouge. Il but une bonne gorgée de bière, reposa sa choppe, prit une longue inspiration et s'engagea dans un récit d'une heure. Passé le passage des viols collectifs du samedi soir, il racontait avoir appris la langue française, sans que ses bourreaux n'en prennent conscience. Ainsi, ceux-ci parlaient librement, en sa présence, pensant qu'il ne comprenait que l'espagnol. Il apprit, alors, tous les dessous de l'affaire *Dutroux,* qui avait tant défrayé la chronique en Belgique en 1996. En effet, ce retentissement médiatisé refroidissait bon nombre de personnalités belges, voire européennes. Les innommables soirées mondaines de débauche s'espaçaient sensiblement. Néanmoins, accrocs au vice, quelques téméraires bravaient encore l'interdit. Et ce n'était pas le coût exorbitant de la passe qui les réfrénait, ils en avaient largement les finances. De cette manière, José Luis Enriquez apprenait que l'horrible personnage, *Marc Dutroux*, n'était en fait qu'un recruteur d'enfants pour les milieux de notables à travers l'Europe. Il s'était fait prendre par négligence, en voulant se servir sur la bête.

---Vous pensez bien, Commandant, qu'il ne serait pas sorti de prison en 1992, après que lui et sa femme aient été condamnés, en 1989, à des peines de prison pour enlèvements, séquestrations et viols sur mineurs de moins de 16 ans ! Il fallait bien que *Dutroux* couvre des gens influents. Et que dire de la libération de son épouse en 2012, après l'arrestation de 1996 pour des faits encore plus graves, puisqu'en plus des mêmes infractions retenues en 1989, il était question d'actes de torture et de barbarie, ainsi que d'assassinats. Cette remise en liberté était forcément le résultat de négociations. Vous vous rendez compte qu'après avoir été hébergée par un couvent religieux, *Michelle Dutroux*, née *Martin*, a été accueillie par un ancien juge d'extrême gauche, *Christian Panier*. Celui-ci dira qu'il s'agissait d'un pur hasard. Certes, mais même si le jeu de mots est facile, vous constatez qu'il s'agit d'un véritable *panier* de crabes. *Dutroux* n'était qu'un pion dans ce réseau international, comportant des ramifications aux Pays-Bas, en Allemagne, en France, en Italie et ailleurs en Europe. Et que dire de l'acquittement surprenant de l'homme d'affaires véreux, *Michel Nihoul*, pourtant proche de ce réseau pédophile ? À l'époque, *Elio Di Rupo*, ministre de la Justice, homosexuel notoire, fut soupçonné, par une partie de la presse belge, de couvrir ces trafics d'enfants.

---Ouais, pas bien propre tout ça, en effet. Je sais que cette affaire a généré pas mal de remous, aussi, dans le nord de la France. A l'époque, j'officiais en Crim' à Maubeuge. Bizarrement, tous mes homologues de Mons et Charleroi étaient aux abonnés absents. Bref, revenons à nos moutons. Il faut retrouver le *reztavek*, coûte que coûte ?

---Faites-moi confiance. Je vous communiquerai des renseignements. Pour l'instant, je sais juste qu'il s'agit d'un petit d'Haïti qui est resté un an en République dominicaine pour apprendre les langues espagnole et italienne, chez des paysans de la province de *La Vega*, dans le but de le livrer à un couple adoptif italien. Je vous ferai signe dès que j'aurai retrouvé la trace de l'intermédiaire qui m'a missionné. Il m'avait avancé mille cinq cents euros, les cinquante pour cent dus m'ont été remis à Marcinelle. Je sais qu'il vous est difficile de me croire, à ce stade, mais j'agis pour le bien, à ma manière.

---C'est dans votre intérêt, José-Luis, et surtout dans celui de votre sœur, Carolina, que vous semblez avoir impliquée dans ce réseau de *reztavek*, malgré elle.

Blanco sentait que ce personnage dissimulait quelque chose de plus lourd. Il gardait sans doute aussi de la réserve, étant donné qu'il s'agissait du classique round d'observation d'un premier rendez-vous. Il le raccompagna jusqu'au bar où le gérant leur rendit les téléphones portables. Ils se quittèrent plutôt froidement, sans poignée de main, le commandant lui lançant un pesant regard de défiance. Enriquez ne se doutait pas un seul instant que son téléphone était truffé. Linda, qui le prit en filature pédestre jusqu'à ce qu'il grimpe dans le train Lille-Bruxelles de 15h42, constata qu'il ne le ralluma pas immédiatement. Sans doute voulait-il masquer son déplacement dans la métropole lilloise.

S'étant rejoints chez Blanco, les deux officiers débriefèrent sur l'affaire *niño*, histoire d'y voir un peu plus clair et de savoir où ils mettaient les pieds.

Il était établi que le 1er décembre, José Luis Enriquez faisait passer un jeune *reztavek* haïtien, de l'aéroport *Las Americas*, à la Belgique, via Paris. Les complicités d'une policière de l'immigration et d'un agent du consulat belge de Saint-Domingue, déjà sous les verrous, étaient officialisées. Restait à Philippe ou à José-Luis, d'identifier la famille de paysans du centre de la République dominicaine qui séquestrait les petits.

Il était également formalisé que, le dimanche 2 décembre, les deux voyageurs montaient à bord d'une BMW série 7, appartenant à la société belge d'un riche diamantaire d'Anvers. Que, le soir même, ce véhicule avait été retrouvé stationné dans ce grand domaine de la banlieue sud de Charleroi à Marcinelle, aux côtés de deux grosses berlines allemandes. L'une des deux Mercedes, la classe E, dont le passage au fichier avait provoqué une alerte STIC (Service du Traitement de l'Information Criminelle) et valut quelques remontrances hiérarchiques à l'endroit de Blanco, appartenait à une société cotée en bourse, domiciliée au 105, avenue de la Porte-des-Ternes à Paris 17ème arrondissement, là même où les Enriquez étaient montés à bord de la BMW. L'autre Mercedes, une CLS 500, correspondait à une entreprise dont le siège était basé à Hirson, dans le département de l'Aisne.

Si le témoignage de Carolina Enriquez n'apportait aucun élément nouveau, celui de son jumeau, José Luis, bien que peu éloquent quand il s'agissait d'entrer dans le détail, semblait faire référence à l'ancien réseau dont faisait partie l'abominable *Marc Dutroux*. Les deux investigateurs comprenaient, en filigrane, que les propos du sieur Enriquez les orientaient vers les anciennes ramifications de celui qui fût surnommé *le diable*. Ils convinrent que le José Luis était bien plus impliqué dans cet environnement qu'il ne le laissait entendre. Plusieurs passages similaires à l'aéroport de *Las Americas* étaient d'ailleurs confirmés par le capitaine Philippe. Pour retrouver le pseudo Pedro Enriquez, il fallait suivre ce José-Luis à la trace. Linda, l'œil fixé sur le commandant Blanco, exprima son sentiment.

---À l'évidence, j'ai la nette impression que tu vas encore lever une grosse affaire puante. (Rictus)

---Je le crois aussi. Mais comme tu le sais, ce métier, si on l'exerce comme il se doit, est loin d'être un long fleuve tranquille. Tu te doutes, fort justement, que cette enquête sera semée d'embûches. Mais tu sais bien, aussi, que ça ne m'arrêtera pas. Tu continues la partie avec moi ?

---Tu connais déjà ma réponse, Blanco ! Tu restes officiellement en congé quelques jours, je suppose ? De mon côté, je vais suivre les variations des déplacements du sieur Enriquez sur mes écrans. Je reste disponible si ça bouge.

---Je sais que je peux compter sur toi, merci. On s'appelle de temps en temps sur les portables du service et, quand il le faudra, sur ceux de l'opération *niño*.

---Ça marche, Blanco. Je ne serai pas très loin. Fais attention à toi. (Clin d'œil)

Chacun rentra sagement chez soi, les neurones déjà bien sollicités par la perspective de cette mission en terrain miné. C'était forcément une nouvelle nuit sans sommeil qui leur tendait les bras. Les deux flics en avaient pris l'habitude.

3 – Avertissement sans frais.

À peine endormie, que l'alarme de son téléphone la sortit du lit. Nuit blanche, c'était souvent le cas en pleine affaire. Après une bonne douche et un café bien serré, la capitaine Linda arriva au bureau à huit heures.

Cette très jolie maman de trente-huit ans était libre de ses mouvements cette semaine. Son petit garçon de 9 ans, Nathaël, était chez son papa, un professeur de français qui n'avait pu supporter les absences de sa femme. Née de parents immigrés, elle avait reçu une éducation très stricte. À l'instar du commandant Blanco, son enfance dans les quartiers sensibles lui avait forgé un caractère à toute épreuve. Elle y avait vécu l'injustice et caressait l'espoir d'y remédier, un jour. Poursuivant des études de droit dans ce seul but, elle était admise à l'École Supérieure des Officiers de la police nationale, en 2002. Comme la majeure partie de sa promotion, elle fut affectée en région parisienne, où elle démontra rapidement toutes ses qualités. Non sans mal, car son statut de femme et ses origines maghrébines, lui demandèrent plus d'efforts pour s'imposer. En 2010, elle obtenait son affectation à la Sûreté départementale à Lille. Grâce à son engagement sans faille, elle fut parrainée par le commandant Blanco, pour intégrer son groupe Crim' au S.R.P.J., en 2013, en qualité de lieutenant de police. Son intégration, quasi immédiate, lui valait d'être promue l'année suivante au grade de capitaine. Le rythme infernal mené par son mentor n'arrangeait pas une situation familiale déjà brinquebalante. Et que dire du seul écart qu'ils commirent un soir, alors qu'ils fêtaient la clôture d'un dossier de grosse envergure. L'on connaissait l'attrait de Blanco pour la gent féminine, mais il ne dérogeait jamais à cette règle, qu'il s'était fixée, de ne jamais coucher avec une collègue. Ce soir-là, il oublia ses principes et tomba littéralement sous le charme de Linda, dont les atouts ne laissaient personne indifférent, que ce soient les hommes ou les femmes. Bref, le lendemain de cette nuit torride, ils convinrent qu'il s'agissait d'un égarement et effacèrent cette incartade. *A contrario*, ils n'éprouvèrent aucun regret. Cette brève aventure mit un terme définitif au mariage de Linda, dont la franchise caractérisée ne put taire cet incident. Depuis, elle se sentait plus libre et passait des moments privilégiés avec son adorable petit Nathaël. Ses semaines de « liberté », la capitaine les passait au boulot, au rythme de Blanco, 24h/24h, 7j/7j. Elle s'épanouissait ainsi, avec de petites relations furtives, un peu à l'image de son commandant.

Sitôt au bureau, elle retraça les mouvements de José Luis Enriquez qui n'avait quasiment pas bougé de Bruxelles, depuis son retour de Paris. Mais en milieu de matinée, elle avertit Blanco, au moyen des téléphones *niño,* que l'animation semblait plus marquante.

---Je ne t'ai pas entendu ce matin, Blanco ?

---Salut Linda. Ouais, je bosse sur le dossier à distance avec la République dominicaine. Des news de la cible ?

---Assez calme depuis hier soir. Mais j'ai l'impression que ça commence à bouger un peu plus chez nos voisins.

---J'me tiens prêt. Quelle est la température au boulot ?

---Assez tranquille. On poursuit les écoutes sur le trafic de stups qui alimente les réseaux islamistes radicalisés. Au fait, tu avais raison, les connexions sont de plus en plus établies avec les imams suspectés. Ça va être du lourd.

---Le contraire m'aurait étonné. Et du côté du taulier ?

---Il passe régulièrement devant ton bureau et s'étonne de ne pas t'y voir. Je ne suis plus à l'aise avec lui, Blanco. Il semble sous tension depuis quelques jours.

---Bah, il s'est pris sa soufflante à Paris et il ne veut pas griller ses cartes avec *Martine Aubry*. (Rires)

---Bon, si tu le dis. Il y a du mouvement du côté de Bruxelles. Vu sa vitesse de déplacement, il y a fort à parier que José-Luis Enriquez soit en voiture.

---J'me prépare à partir. Il est probable qu'il se rende dans la propriété du diamantaire, à Marcinelle.

---Ne pars pas trop vite, je te tiens au jus, Blanco.

Le trajet de l'objectif évoluait très clairement. Il quittait Bruxelles, en fin de matinée, pour se rendre sur la commune d'Hirson. Il en repartait vers 17 heures pour rejoindre le quartier résidentiel de Marcinelle à Charleroi, dans l'imposante bâtisse de l'homme d'affaires. Fort des précieuses informations communiquées par Linda, Blanco traçait déjà la route. Lorsqu'il arriva sur les lieux, vers dix-neuf heures, il eut l'heureuse surprise d'y retrouver les trois voitures déjà aperçues, qui masquaient une quatrième. Il était très risqué de rester devant la demeure trop à découvert, d'autant que la Peugeot 308 de Blanco faisait tache dans ce secteur cossu. Il dissimula une mini caméra sur l'un des piliers du portail d'entrée, pour visualiser l'endroit où étaient stationnés les quatre bolides. Ainsi, à leur départ, il pourrait observer les occupants et identifier le nouveau véhicule.

Comme d'habitude, il devait s'armer de patience. De toute façon, ici ou là, quelle importance ? Veuf depuis de nombreuses années, personne ne l'attendait à la maison. Ses enfants étaient trentenaires et disséminés aux quatre coins de la planète. Lui qui n'avait pas trouvé le temps de s'auto débriefer sur la rencontre avec la jolie Salina, prit un moment pour y réfléchir.

Serait-ce un début d'histoire qui pourrait connaître une suite ? Plutôt difficile à croire, car il s'était interdit toute vie commune pour éviter les confrontations stériles. Sans doute qu'il ne s'agirait, là aussi, que d'une relation sans lendemain. Ce serait vraisemblablement mieux ainsi, car il n'avait jamais su faire la part des choses entre son boulot de flic et sa vie privée. C'était certainement le prix à payer pour assurer la sécurité des concitoyens. Il était inconcevable, pour cet enquêteur chevronné, de faire autre chose que de traquer les malfaiteurs, lorsqu'il bossait sur un dossier. Ses deux priorités restaient la lutte contre l'injustice et la prise en considération des victimes, quoi qu'il lui en coûte.

Ainsi, il se retrouvait là, totalement isolé dans l'atmosphère glaciale d'un coin paumé, au sud de la Wallonie. Peu importe, il restait convaincu qu'il s'y trouvait pour la bonne cause. Son instinct, hors du commun, lui faisait rarement défaut. Les planques n'étaient plus un secret pour lui. Celle-ci revêtait une importance capitale afin d'identifier les personnes qui allaient monter dans ces berlines et de relever la plaque de la quatrième. Il recula son siège en position maximale pour déployer son mètre quatre-vingt-quatre, releva le col de son vieux perfecto si riche d'anecdotes, et croisa les bras sur sa poitrine, en étirant ses grands compas. Il fit tourner le moteur, en alternance, pour réchauffer l'habitacle, en évitant d'attirer l'attention des riverains, même s'ils étaient assez éloignés. L'épais brouillard aidant, le flic, aguerri au « *voir sans être vu* », s'était bien dissimulé dans un bosquet. Suffisamment pour que la lumière de son écran d'ordinateur portable, connecté à la mini caméra, n'attire pas la curiosité du voisinage. Vers vingt-deux heures, un bref échange téléphonique sur la ligne *niño* coupa quelque peu son isolement.

---Tout se passe bien, Blanco ? Tu n'as donné aucun signe de vie depuis ton arrivée sur site ?

---T'inquiète, je suis toujours en vie, Linda, embusqué à environ trois cents mètres de la demeure du diamantaire. J'ai placé une caméra sur l'un des piliers du portail et je visualise en direct sur l'écran de mon ordi. J'espère capter la trombine des gens, lorsqu'ils sortiront de là, et le numéro d'immatriculation du quatrième véhicule.

---Ah, ok. Ne prends pas de risque inutile, Blanco. Tu le dis toi-même, on marche sur des œufs dans c't'affaire.

---Dès que j'aurai les images, je rentrerai sagement au bercail. Et toi, Linda, du nouveau de ton côté ?

---Je surveille les mouvements de José Luis Enriquez. Il est toujours dans cette maison. J'ai le sentiment qu'il se passe des activités pas très catholiques, là-dedans.

---Ouais, moi aussi, ça me remue les tripes. Mais on n'a aucune preuve qu'il s'y déroule réellement quelque chose. Attendons, Linda, le temps travaille pour nous. On se rappelle plus tard. N'oublie pas de faire sonner, une ou deux fois, mon téléphone pro resté dans le Vieux-Lille.

---C'est déjà fait, mon cher Commandant. Allez, à toute.

Blanco n'avait plus grand-chose à apprendre à sa petite protégée. Aux méthodes à l'ancienne, Linda y apportait sa valeur ajoutée avec l'appui des nouvelles technologies. Leur torride incartade d'un soir, ou plutôt d'une nuit, n'avait pas modifié leur parfaite symbiose professionnelle, bien au contraire. Depuis, ils se connaissaient sous toutes les coutures. Environ une fois par mois, il était invité chez les parents de son adjointe pour manger le légendaire couscous royal algérien, à l'image de la générosité de cette modeste famille, tellement fière de la réussite de leur fille. La *Mama* les fustigeait souvent d'un regard réprobateur à la fin de chaque repas, désireuse que leur relation dépasse, enfin, le cadre professionnel. C'était quasi le seul moment où les deux acolytes affichaient un léger malaise, lorsqu'ils étaient ensemble. Mais, ce court instant de gêne était toujours oublié, lors de la dégustation des succulents *makrouds, baklavas* et du traditionnel thé à la menthe.

Minuit retentit, lorsque le commandant aperçut des mouvements sur son écran. Ça bougeait enfin. Malgré la densité de la brouillasse, il distingua tout de même José Luis Enriquez sortant en chef de file de l'habitation pour sécuriser les hôtes. Deux couples de quarante/soixante ans montèrent à bord des deux Mercedes déjà identifiées, celle d'Hirson et l'autre de Paris 17ème, et quittèrent immédiatement l'enceinte. Puis, en raison de cette météo contraignante, Blanco eut toutes les peines du monde à distinguer que le belgo-dominicain raccompagnait un sexagénaire, apparemment seul. Lequel évacua également le domaine, sans que Blanco ne puisse lire la plaque minéralogique. Pas grave, il suffira d'élargir les plans de la vidéo pour y remédier. José-Luis rentra dans la demeure, ne restait plus que la B.M.W. du diamantaire, stationnée dans la cour. Mais plus rien ne bougea. A deux heures du mat, après avoir récupéré sa mini caméra, le commandant leva le camp pour rentrer au bercail. Arrivé dans son appartement du Vieux-Lille, il téléchargea l'enregistrement et le transféra à son adjointe, sous mail protégé, sans prendre le temps de le visionner, vu l'heure tardive. Profitant du décalage horaire avec la République dominicaine, il prit des nouvelles de Salina, quelques minutes, avant que le sommeil ne le gagne.

A huit heures, son téléphone *niño* retentit.

---Blanco, c'est moi ! Rien ne t'a interpellé sur la vidéo ? Même pas la plaque de la quatrième voiture ?

---La visibilité était exécrable à cause du brouillard.

---Oui, j'ai vu ça. Eh bien, maintenant, mon cher Commandant, on est sûrs que ça ne sent pas bon.

---Tu vas accoucher, Linda. Dis-moi ce qui se passe ?

---Les cinq chiffres de la plaque minéralogique de la Merco sont précédés des lettres SCV. Ça te parle, Blanco ?

---Merde, tu es certaine ? J'espère que tu ne l'as pas passée au fichier ? Auquel cas tu auras déclenché une alerte.

---Non, t'inquiète, Blanco. D'autant qu'il y a deux sortes d'immatriculation au Vatican, VC pour les gens du rang et VCS pour les hautes personnalités. Il y a autre chose qui devrait t'intéresser, Blanco. On le distingue à peine sur la vidéo, mais un petit garçon, pouvant correspondre à Pedro, est monté à l'arrière du véhicule.

---Je vérifie en même temps. Bien joué, Linda, c'est bien l'allure du petit. Passe à la maison dès que possible.

---Je dois lever une garde à vue en fin de matinée, je ne pourrai pas être chez toi avant midi. Ça te va ?

---Parfait. On déjeunera à la maison, ce sera plus discret.

Comme s'il n'y en avait pas assez avec ce protégé de la Classe E de Paris, ce diamantaire belge de renommée mondiale et ce riche industriel d'Hirson. Encore fallait-il que s'ajoute à cette liste déjà suffisamment sensible, un véhicule de haut rang du Vatican, transportant l'enfant. Ne restait plus qu'à saupoudrer ce mélange déjà détonnant, d'un peu de personnalité politique, avec un zest d'instrumentalisation des institutions police et justice, pour « couronner » le tout.

Linda pointa le bout de son nez chez Blanco à midi. Plutôt tailleur classique que jean/perfecto, elle jeta sa veste sur le dossier du canapé, laissant, ainsi, apparaître son holster. Ce qui n'atténua en rien son charme dévastateur, bien au contraire. Impatiente, elle ne s'aperçut même pas du joli petit coin de table dressé par Blanco. Il lui présenta un verre de vin qu'elle reposa immédiatement sur la table basse, sans prendre le temps d'y tremper les lèvres. La capitaine était persuadée d'*aller au diable Vauvert*.

---Bon, à ta santé et à l'opération *niño* !

---Oh, désolée, Blanco, mais je ne peux rien avaler.

---Tu me rappelles moi, il y a quinze ans, Linda.

---Et bien, qu'est-ce que ça devait être ? (Rires)

---Allez, rentrons dans le vif du sujet.

Comme pour enfoncer le clou, Blanco lui narra trois anecdotes relatives à la proximité suspecte de certains organes du Vatican dans des réseaux pédophiles.

La première remontait à la fameuse affaire qui avait suscité l'horreur en Belgique, celle du *diable, Marc Dutroux,* en 1996. Alors inspecteur de police à la brigade criminelle au commissariat de police de Maubeuge, les contacts entre Blanco et ses homologues belges, notamment ceux de Mons et de Charleroi, devinrent quasi inexistants. Curieux, le jeune flic avait poussé jusqu'à La Louvière pour s'en expliquer avec l'un d'eux. Lequel n'y allait pas par quatre chemins : « *cette affaire ne sent pas bon, ne t'en approche pas trop, c'est un conseil d'ami. Il y a du beau monde qui gravite autour de cette enquête. Je te fais une confidence, j'ai moi-même constaté la présence d'une grosse berline du Vatican dans les parages du sud de Charleroi, à Marcinelle !* ». C'était la première fois que Blanco entendit parler de ces immatriculations spécifiques.

La deuxième information de cette nature tenait d'un pur hasard. Puisqu'il s'agissait d'une affaire, complètement à l'opposé, de trafic international de voitures que Blanco avait mené en 2007 jusqu'en Tunisie. Officiant alors à la Sûreté départementale des Alpes-Maritimes, il avait découvert, fortuitement, au port tunisien d'*El Kantaoui,* le fameux Yacht, le *Beru Ma,* soi-disant volé en 2006 à *Porto-Vecchio,* en Corse. Quelques années plus tard, sur une île caribéenne, *comme le monde est petit,* il avait recroisé l'une des personnes de l'entourage dudit bateau qui, confidences pour confidences, lui avait fait part d'une très grave révélation au sujet de hauts responsables du Vatican : « *tu ne vas pas me croire, Blanco, d'ailleurs je n'en ai jamais parlé à quiconque. Au début des années 80, travaillant dans le domaine maritime, une personne dont je tairais le nom, m'avait sollicité en urgence pour déshabiller l'intérieur d'un bateau mouillant dans les eaux de Rome. Ce que je fis sans trop poser de questions. Mais, les nombreuses cabines revêtues d'un velours* rouge cardinal, *ne laissaient planer aucun doute quant aux pratiques qui s'y perpétraient. Sans doute parce qu'il avait besoin d'en parler, mon interlocuteur me déclara que cet immense voilier appartenait officieusement au Vatican et que le nouveau pape, Jean-Paul II, voulait tout faire disparaître ».*

La troisième fois, en séjour sur cette merveilleuse île de Saint-Martin, *friendly island*, Blanco rencontrait un ex-chercheur dans l'aéronautique qui travailla quelques années au sein de l'Organisation des Nations Unies. Alors qu'ils discutaient du fléau des récurrents réseaux pédophiles, son interlocuteur de bonne foi lui fit spontanément cette déclaration : « *Au début des années 80, j'ai retrouvé, au bar d'une antenne de l'O.N.U. au Luxembourg, un gars avec qui je refaisais parfois le monde au siège à Bruxelles. Ce soir-là, il avait bu plus que de raison. Sans doute victime d'un anonymat trop pesant, il m'avisa qu'il enquêtait, en sous-marin, pour le compte de L'Organisation, sur les ramifications entre celui surnommé par certains le* Banquier de Dieu, Licio Gelli, *de la loge P2 et le Vatican, concernant un vaste trafic pédophile ».*

La capitaine Linda, bouche bée, les yeux écarquillés, rompit difficilement son mutisme. Le ciel sembla lui tomber sur la tête.

---Pourquoi ne m'en as-tu jamais parlé, Blanco ?

---Ce ne sont pas des choses qu'on ébruite à tout vent, Linda. D'autant que ces propos m'ont été rapportés sans que je n'en possède la moindre preuve matérielle.

---Oui, je te le concède, mais ces révélations t'ont été transmises spontanément par des personnes différentes et, qui plus est, dans des endroits distincts. Ne m'as-tu pas toujours enseigné qu'un faisceau d'indices pouvait constituer un début de preuve ?

---Certes, Linda, mais là n'est pas l'objet et il y avait prescription. Je veux uniquement t'expliquer que je suis à moitié surpris d'avoir levé un véhicule du Vatican, hier soir, à Marcinelle. A *fortiori*, dans un endroit où il doit se passer des choses pas très « catholiques », comme tu l'as si bien supposé, hier.

---Je prends de plus en plus de distance avec la religion, Blanco. L'Église est engluée dans de perpétuels scandales sexuels. J'ai également suivi avec intérêt les propos tenus par deux auteurs. L'un, *Nader Allouche*, qui s'interroge sur les possibles penchants pédophiles du *prophète Mahomet*, notamment lorsqu'il épousa Aïcha, une fillette de 6 ans, avec laquelle il aurait consommé le mariage trois ans plus tard. L'autre, *Yolande Zauberman*, qui rappelle qu'aucune religion n'échappe à ce fléau social.

---Tu sais ce que je pense de tout ça. Je me demande parfois s'il n'y aurait pas moins de guerres sans ces croyances.

---Tu as peut-être raison, mais l'Homme trouverait un autre prétexte. C'est dans sa nature de prédateur.

---Ce n'est pas faux, Linda. Bon, revenons à nos moutons. Il va falloir qu'on entre rapidement et officiellement en jeu. Des enfants sont en danger. Impossible d'engager une action en Belgique, il me parait plus opportun de planquer à l'endroit du premier rendez-vous du petit Pedro, au 105, avenue de la Porte-des-Ternes dans le 17ème arrondissement de Paris. Avec un peu de chance, sachant que nous sommes déjà samedi, ce couple pourrait sévir en région parisienne. *A contrario* de celui d'Hirson qui bénéficie de la proximité de la frontière belge pour assouvir leur vice, en toute discrétion, hors hexagone.

---J'aurais fait le même choix. Je vais récupérer ma caisse. Je n'ai pas la garde de Nathaël, en ce moment.

---Merci, Linda. On ne sera pas trop de deux sur le coup ! C'est parti, ma belle !

Juste le temps de faire un retour au service pour récupérer sa voiture perso, que Linda enquilla déjà, à bord de sa flambante Mini Cooper S, rouge et noire, derrière la Peugeot 308 de service de Blanco. Mieux valait circuler à deux voitures pour faire face aux éventuels imprévus. Deux heures trente plus tard, les deux fins limiers gravitèrent à proximité du 105, avenue de la Porte-des-Ternes. Pas besoin d'échanges verbaux superflus, ils maitrisaient à merveille les rudiments d'une planque discrète. Au besoin, ils communiqueraient au moyen des téléphones vierges. Chacun se stationna en sens opposé à la circulation de l'autre, pour anticiper sur les deux possibilités de progression de la Mercedes Classe E. L'un des principes fondamentaux de cette configuration les obligeait au visuel réciproque, au cas où la Merco sortait rapidement du garage souterrain. Blanco profita de ce relatif moment d'accalmie pour appeler la douce Salina.

---*Ola, Blanco, como estas* ?

---Très bien Salina, merci. Et toi ?

---Tout irait un peu mieux si j'avais plus souvent de tes nouvelles, même si je me doute que tu es très occupé avec cette affaire de *reztavek*.

---Tout à fait, ce serait trop long à t'expliquer, mais je pense que l'on va lever du lourd. D'autant que cette enquête sent déjà le souffre.

---Tu m'inquiètes là. Et puis, je voulais te dire que…

Blanco l'interrompit sans attendre qu'elle termine.

---Inutile de te faire du mauvais sang. Souviens-toi : « *la peur n'évite pas le danger* ». J'te rappelle dès que possible.

« *Naturam expelles furca, tamen usque recurret* », traduction faite : « *chasse le naturel à coup de fourche, il reviendra en courant* » ; Blanco retombait dans ses travers. Le professionnel prenait une nouvelle fois l'ascendant sur sa vie privée reléguée, sans surprise, au second plan. Cela ne faisait pourtant qu'une semaine, jour pour jour, qu'il avait quitté sa jolie rencontre. Et ce n'était pas à son âge que ce quinquagénaire allait changer. Son attitude refroidissait quelque peu les ardeurs de Salina dont, sans vouloir trop s'emballer, le cœur avait quelque peu vacillé.

Alors qu'ils planquaient patiemment depuis deux heures trente, la nuit commençant à s'abattre sur la capitale, la Classe E sortit précipitamment du parking souterrain. Les vitres teintées ne permirent pas de distinguer le nombre d'occupants. Dans son sens de circulation, Blanco lui emboîta le pas, prenant soin de garder la distance, via quelques véhicules-écrans. Le temps de faire demi-tour, la capitaine reprit rapidement le visuel sur la 308, elle avait l'avantage de connaître Paris comme sa poche. De surcroît, c'est Blanco qui lui avait inculqué la technique de la contre-filoche. Ce qui consistait à suivre le véhicule suiveur pour s'assurer qu'il n'était pas lui-même filoché. C'est justement à ce titre qu'elle appela Blanco, quelques minutes plus tard.

---Y a un problème, Blanco. L'itinéraire n'est pas logique, il y a quelque chose qui cloche. La classe E tourne en rond. Et j'ai la nette impression qu'un 4x4 Mercedes noir te suit depuis le début de la filoche.

---Bien vu. Je l'ai remarqué aussi. Observons encore un peu pour valider. On prendra les dispositions nécessaires selon la tournure des évènements. Poursuivons !

L'expérimentée capitaine avait vu juste. Non seulement, il n'y avait aucune cohérence dans le parcours emprunté ; de surcroît, la vitesse de progression était anormalement basse. Son positionnement subséquent lui permettait très clairement de confirmer que ce 4x4 suivait distinctement la 308 du commandant. Inquiète, elle lui indiqua une nouvelle fois son ressenti. Blanco valida toujours aussi sereinement et décida de déclencher une réaction chez l'adversaire potentiel.

---Bon, Linda, on va provoquer l'action. La classe E sert de leurre, il ne se passera rien avec ce véhicule, ce soir. En revanche, le 4x4 est là pour une bonne raison, ou plutôt certainement pour une mauvaise intention. Je vais lever la surveillance de la Classe E et attirer l'autre Merco dans une zone moins fréquentée. On pourra la prendre en sandwich. Je ne voudrais pas faire courir le moindre risque aux badauds. Connais-tu un endroit plus retiré dans le secteur ?

---Ouais, à deux pas d'ici, il y a un parking aérien de trois étages, dont le dernier est toujours quasi libre. Tu prends la deuxième à droite, la première à gauche, puis tu empruntes le toboggan du parking de l'hôtel *Hommage*. Ne roule pas trop vite pour que je te... Putain de merde, on vient de me percuter la Mini, je suis bloquée entre deux caisses ! Annule tout, Blanco ! J'peux pas suivre !

La poisse, comme il arrivait parfois fortuitement sur des dispositifs de surveillance. Linda venait de se faire emboutir par une automobiliste plus préoccupée à téléphoner qu'à surveiller la route. Malheureusement, le choc arrière avait propulsé la Mini Cooper de la capitaine dans la voiture qui la précédait, lui rendant impossible toute marge de manœuvre. Elle pria le ciel pour que son commandant change de plan. Mais, le connaissant, elle craignait qu'il aille au bout de sa résolution. Pour preuve, il avait coupé court à la communication téléphonique.

Fidèle à sa témérité, il s'engagea sur la rampe d'accès signalé par son adjointe. Au premier virage lui permettant d'accéder à l'étage supérieur, il aperçut, dans ses rétros, le 4x4 Mercedes lui emboîter le pas. Cette fois, il n'y avait plus aucun doute sur les intentions des occupants de cette voiture suiveuse. Blanco gravit rapidement les trois étages du parking aérien, positionna sa Peugeot 308 entre deux énormes pylônes en béton et sortit de l'habitacle pour s'abriter derrière l'un d'eux. En cas d'éventuels tirs d'armes à feu, il y trouverait une meilleure protection, sachant qu'excepté le bloc moteur, peu d'autres parties d'une voiture ne résistent aux ogives.

Déterminé à en découdre, solidement ancré au sol en assise appuyée sur le talon droit, le coude gauche en contact sur le genou de l'autre jambe, pour mieux verrouiller la tenue à deux mains de son *Sig Sauer*, il vit le 4x4 accélérer subitement dans sa direction, dont la vitre côté passager arrière gauche se baissa concomitamment.

Aguerri à ce genre de situation, notamment en 2001, lorsqu'il fut surpris par la légendaire fusillade mortelle avec l'ex-ennemi public numéro 1, *Patrick Thimalon*, dans le ghetto guadeloupéen de Boissard, il comprit l'issue inéluctable de cette manœuvre offensive.

À peine le temps de voir sortir quelques flammes du canon d'un fusil d'assaut, que sa voiture essuyât une dizaine d'impacts en une fraction de seconde, sans même que Blanco ait pu actionner la queue de détente de son pistolet automatique. D'autant, qu'à l'évidence, il ne paraissait pas être ciblé directement.

Un étourdissant flashback lui fit revivre la scène des huit détonations du 22 janvier 2001 dans le fameux ghetto de Boissard et ressentir cette même odeur de poudre et ce goût de sang. Preuve, qu'après ce type d'affaire hors norme, le commandant restait impacté à jamais.

Ce qui ne l'empêcha pas d'entendre deux ou trois ricochets lui passer au-dessus du crâne, lorsqu'il se coucha sur le flanc gauche. Par chance, il n'était atteint que par des éclats de verre. Le bolide allemand accéléra, faisant crisser les pneus dans les virages serrés du parking, descendit à vive allure les trois niveaux pour sortir du site et se faufiler dans le flot de la circulation.

Blanco expira un grand coup, en se palpant le corps pour vérifier qu'il n'était pas touché. Il rengaina son arme dans son étui de hanche et ne put que constater l'étendue des dégâts. Son véhicule de service était criblé d'impacts de balles. Sans doute une *kalachnikov* AK-47, autant dire que s'il avait eu la mauvaise idée de rester dans sa voiture, son 9 mm n'aurait pas pesé lourd dans la balance. Sans doute, aussi, que le tireur aurait visé le bas de la 308. Vite remis de ses émotions, il appela Linda, toujours furieuse après l'accrochage de sa Mini Cooper.

---Je me suis fait emboutir la caisse par une imbécile qui conduisait en téléphonant. Je ne peux pas bouger. Et toi ? Que s'est-il passé ? J'ai vu notre 4x4 débouler à fond !

---Je m'suis fait rafaler à la *kalash*. Je ne suis pas touché, mais la voiture de service est salement amochée.

---T'es sérieux ? T'es un malade, Blanco, je t'avais dit de lâcher l'affaire ! Putain de merde, tu pourrais m'écouter !

---T'inquiète pas. Ça ressemble plus à un avertissement. S'ils avaient voulu me descendre, ils l'auraient fait. Ne viens pas, le secteur est truffé de caméras. Je ne veux pas que la hiérarchie sache que tu étais avec moi sur le coup. Des gens viennent d'appeler la police. Je vais attendre sagement ici. Retourne vite à Lille, le taulier risque de te contacter dans les deux heures. Je vais essayer de gagner un peu de temps en simulant un état de choc. Je ne parlerai pas avant que tu sois là-haut.

---Que vas-tu bien pouvoir leur raconter, Blanco ?

---Tu connais mon sens de l'improvisation. (Rires)

---Là-dessus, je ne m'en fais pas pour toi. Je me doute que tu vas les retourner. (Sourire)

Comme prévu, une patrouille de police arriva très rapidement sur les lieux de la fusillade. Blanco s'assit, adossé au pilier en béton, derrière lequel il s'était mis en protection. Pour gagner du temps, il ne répondit pas aux premiers policiers intervenants, feignant un traumatisme légitime. Les services de secours le prirent en charge, vingt minutes plus tard, pour le transporter au C.H.U. Paris-Centre, sécurisé par une escorte policière en renfort.

Pendant ce temps, le constat d'accident plié, la capitaine roulait déjà à vive allure sur l'autoroute A1, en direction de Lille. Il était préférable qu'elle se trouve dans l'agglomération nordiste, avant que son taulier ne l'appelle. Si, sur le coup, elle maudissait quelque peu son commandant, elle admettait néanmoins qu'il avait eu raison de s'isoler pour éviter un possible carnage de victimes innocentes. Il ne faisait pas l'ombre d'un doute qu'il était question d'un avertissement sans frais. Les assaillants, surarmés, auraient pu le descendre s'ils avaient mis pied-à-terre. Même si ce combattant de Blanco leur aurait donné du fil à retordre.

Arrivé à l'hôpital, il continua à jouer la montre, en trompant le personnel médical sur son véritable état de santé. Mais quid du mobile ? Il était maintenant persuadé de déranger du beau monde. Inutile de préciser qu'il fallait détenir une grande puissance de feu pour s'en prendre ainsi à un commandant de police. Une inconnue persista. Comment ces individus avaient-ils eu connaissance de sa présence dans l'avenue de la Porte-des-Ternes ? Cette question lui tarauda autant l'esprit qu'elle lui facilita sa manœuvre de diversion à l'endroit du staff hospitalier.

Finalement, deux heures plus tard, l'équipe soignante donna le feu vert aux deux policiers de la P.J. de Paris, impatients d'en découdre avec ce phénomène de Blanco.

4- Réseau tentaculaire ?

Confortablement installé, en position demi-assise, au-dessus de ses draps, le commandant vit deux flics en civil investirent sa chambre. Ils affichaient la mine des mauvais jours. Blanco les attendait sereinement. Le plus ancien prit la parole, sans ménagement.

---Commissaire Divisionnaire Pantin, P.J. Paris !

---Commandant Blanco de la Cr…

Le visage complètement fermé, le patron de la Crim' de Paris l'interrompit brusquement.

---Je sais. Inutile de vous présenter, Commandant Blanco ! Mon adjoint, le commandant Bois !

Habitué à ce genre de *process*, Blanco savait que la présence d'un intrus dans une circonscription étrangère, fût-il de la Grande Maison, dérangeait l'égo des territoriaux. Il ne les blâmait pas, il aurait eu la même réaction. Mais dans ce cadre officieux, il n'était pas en mesure de prévenir quiconque de cette surveillance dans la capitale. Sans compter que cette affaire revêtait un caractère déjà suffisamment sensible. Voyant que le commandant Bois restait à l'orée de la discussion, Blanco ne s'adressa qu'au patron parisien.

---Du calme, Commissaire. Tout va bien.

---Tout va bien ? Vous vous moquez du monde, commandant ? Vous vous faites rafaler, seul, dans un parking parisien, à bord de votre véhicule de la P.J. de Lille, et tout va bien ? C'est une blague, Blanco !

---Oh, vous baissez d'un ton ! Tranquille, vieux !

---Je ne suis pas votre vieux, moi ! Votre taulier est déjà sur la route. Croyez-moi, il va y avoir une sacrée explication de texte, car lui non plus ne semblait pas au courant du motif de votre présence à Paname !

---Pas de problème, j'ai passé ma carrière à chasser le bandit et rendre des comptes à une hiérarchie souvent sclérosée. Ça ne changera pas mon lot quotidien !

---Ne prenez pas cet incident par-dessus la jambe, c'est un conseil d'ami que je me permets de vous donner !

---Dois-je interpréter vos propos comme une menace ? Tu as entendu comme moi, Commandant Bois ?

---Laisse-moi en dehors de ça, Blanco. C'est le Divisionnaire qui te parle. Tu ne t'adresses qu'à lui.

Agacé par le ton employé, Blanco prit plus de temps que nécessaire à se rhabiller, puis, partit nonchalamment avec ses deux collègues, jusque dans les bureaux du *Bastion*, qui avait remplacé le *36 quai des Orfèvres*, l'année dernière. À peine l'audition commencée que son taulier lillois débarqua, le visage très marqué.

---Putain, Blanco, qu'est-ce que vous me fabriquez ? Vous nous foutez dans une belle merde ! Vous n'en faites qu'à votre tête, comme d'habitude, Commandant !

Son directeur flippait plus pour l'avenir de sa proche reconversion, que pour la fusillade dont son flic venait d'être victime. Ce qui aurait dérangé Blanco, il y a quelques années, ne le surprenait plus, désormais. Même ce divisionnaire, qu''il appelait encore patron, par habitude et respect obsolètes, avait rendu les armes au profit de son intérêt personnel. Il se gardait bien de le juger, car depuis belle lurette, c'était plutôt le courant dominant qui ternissait les couloirs de l'institution.

Bref, le commissaire assista aux déclarations de son commandant, sans croire un piètre mot du contenu. *A contrario*, les *péjistes* de Paris, peu habitués à l'habileté de ce flic, semblèrent prendre ses propos pour argent comptant. Il déclara que, par un pur hasard, il croisât une Porsche Cayenne dans les rues de Lille, qu'un de ses informateurs lui avait signalé, dimanche dernier. Son patron ne put contester l'information communiquée par ce baroudeur. Qu'ensuite, il avait pris en *marquage policier* ce bolide jusqu'aux portes de Paris, sans pouvoir prendre attache téléphonique avec ses collègues lillois, pour avoir oublié son téléphone portable chez lui, dans le Vieux-Lille. Puis, constatant qu'il était suivi par un 4x4 Mercedes de couleur noire, il avait tenté d'échapper à cette filature en se réfugiant dans ce parking aérien, avant de subir les fameux tirs en rafale. Le divisionnaire lillois, quand bien même cette situation le dérangeait fortement, ne put s'empêcher de se gausser intérieurement devant le récital de son fin limier.

Après deux heures d'audition, il le convia pour le dîner. L'atmosphère devint plus détendue, les deux flics se remémorèrent quelques bons moments de l'époque. Ils reprirent d'ailleurs le tutoiement, de rigueur autrefois…

---T'es quand même un drôle de numéro, Blanco. Tu les as roulés dans la farine avec ta pseudo affaire de Porsche Cayenne. Je n'ai pas avalé cette couleuvre non plus, la dernière fois, lorsque tu as provoqué l'alerte fichier. C'est toujours au sujet de la Classe E, je suppose ?

---Patron, avec tout le respect que je te dois, reste en dehors de tout ça. Moins tu en sauras, mieux ça vaudra, ça ne sent pas bon, crois-moi. J'en prends l'entière responsabilité.

---Linda est au courant que tu étais à Paris, ce soir ?

---N'insiste pas. C'est vraiment mieux pour toi.

---Bon, j'espère que tu sais où tu mets les pieds, Blanco.

---On verra bien, mais le jeu en vaut la chandelle. Et ne t'inquiète pas, cette discussion n'a jamais eu lieu.

---Et ton téléphone pro, Blanco ?

---Il est chez moi. Pour l'instant j'évite de me faire borner.

---Ils vont garder ta caisse à la P.J. pour les constatations. Il est préférable que tu remontes à Lille, avec moi.

---Merci, mais je dois voir un contact à Paris. Je rentrerai d'ici deux à trois jours. Je passerai au bureau, au retour.

En réalité, le taulier aurait souhaité en savoir un peu plus et le garder sous sa coupe. Blanco savait qu'il s'aventurait sur un terrain dangereux et voulait épargner son patron, à deux doigts de la quille. N'empêche, ils se quittèrent bons amis. Malgré les nouvelles appétences de son divisionnaire, Blanco lui manifestait toujours un profond respect. Notamment parce qu'il avait fait partie de la traque de *l'homme aux mille visages* et de la fameuse fusillade de la porte de Clignancourt, le 2 novembre 1979, qui mit fin à la cavale du légendaire *Jacques Mesrine*. Et puis, il aura toujours besoin de lui, lorsqu'il officiera à la mairie. Cette sincère marque d'estime semblait réciproque. Le commissaire n'avait jamais compté dans ses rangs un flic avec de tels faits d'armes. À peine le dos tourné, Blanco appela Linda, pour le moins impatiente.

---Tu es bien rentrée, Linda ?

---Oui, ça fait un moment. Tu avais éteint ton téléphone.

---J'étais en audition avec le patron de la P.J. de Paris et son homme de paille. Le taulier m'a rejoint à Paname.

---Je sais, il m'a téléphoné, dès mon arrivée. Ça va ?

---T'inquiète pas, j'en ai vu d'autres. Tu as eu le bon flair pour le 4x4 Mercedes. C'est le gars à l'arrière qui m'a *kalaché*. C'est juste une tentative d'intimidation.

---C'est chaud, Blanco. Où as-tu mis les pieds, cette fois ?

---Peu importe. Plus rien ne m'arrêtera maintenant. Ils ont misé sur le mauvais cheval. Et il y a des enfants en danger.

Le débrief se poursuivit. Mais un élément essentiel leur échappait. S'ils convinrent que la Classe E avait servi de leurre pour que les occupants du 4x4 rafalent la voiture de Blanco, comment les antagonistes savaient qu'il planquait à proximité du 105, avenue de la Porte-des-Ternes ? La capitaine eut un éclair de lucidité et s'adressa vivement au commandant.

---Et si ta voiture avait été balisée ? J'ai le sentiment qu'on t'a placé un traceur GPS sous la caisse, Blanco.

---Tu as peut-être raison, Linda. Je vais retourner au parking de la P.J., la 308 y est entreposée.

---Ok, tiens-moi au jus, Blanco. Eh, dis-moi, le taulier est au courant de ma présence à Paris ?

---Il s'en doute, mais je lui ai dit de rester en dehors de tout ça. Le connaissant, il veille au grain, à distance.

---Je ne le sens pas, en ce moment. Il est bizarre et me surveille en permanence. Il a peur de quelque chose.

---Il a d'autres ambitions maintenant, mais il reste propre. Je ne pense pas qu'il nous la joue à l'envers.

---Si tu le dis. Je l'espère aussi. L'avenir nous le dira.

Blanco n'eut aucun mal à entrer dans le parking souterrain du *Bastion*. Le jeune policier en faction ne put rivaliser avec l'argumentaire du vieux briscard. Pour avoir usé et abusé de cette méthode de traçage, le commandant connaissait les endroits stratégiques pour placer ce type de balise. Les emplacements à proximité d'une source de chaleur étant à proscrire, il était inutile de perdre du temps dans le compartiment moteur ou autour du pot d'échappement. Pas la peine de chercher, non plus, dans l'habitacle qui, en général, génère des problèmes d'émetteur et de récepteur de GPS. Pour ce type de traceur disposant d'un aimant puissant, il était plus conseillé de le positionner au niveau du passage de roue. Mais le commandant ne découvrit aucun dispositif sous le véhicule. Alors qu'il rebroussait chemin, son instinct l'invita à faire demi-tour pour revérifier. Il était persuadé que Linda avait raison. Il se glissa de nouveau sous la voiture avec plus d'attention et observa une marque distincte de 4cm x 3 cm, sans doute laissée par la pose d'un boîtier, sur la crasse recouvrant l'intérieur de l'aile avant-droite. Sorti du *Bastion*, il rappela la capitaine.

---Bien vu, Linda. T'avais raison, la voiture était balisée.

---As-tu récupéré le traceur pour les empreintes ?

---Non, il n'en reste que sa trace, sous l'aile avant-droite.

---La P.J. l'a peut-être placée sous scellé pour l'analyser ?

---C'est possible, mais je ne suis pas sensé en connaître l'existence. Je préfère rester prudent. On tentera de le savoir discrètement, plus tard, via notre taulier.

---Tu as raison, Blanco. Tu restes à Paris, je suppose ?

---Oui. Je vais voir un ami, demain, dans l'après-midi. Il nous sera très utile pour nos prochaines surveillances. Rejoins-moi en fin d'après-midi.

---Parfait. Tu dors où, cette nuit ?

---Sans doute chez une vieille connaissance.

---Ah, je vois. Tu ne perds jamais le nord, Blanco.

---Oh, ce n'est pas ce que tu crois. Descends-moi mon téléphone pro par la même occasion. On est bien engagés maintenant, il va falloir faire sauter le verrou.

---Je te rejoindrai vers 18 heures avec ma Mini Cooper endommagée. Je ne suis plus à un choc près. (Rires)

Après une nuit pacifique, une fois n'est pas coutume, passée chez une ancienne mère-maquerelle qui, par le passé, fut l'une de ses principales sources, Blanco se rendit directement chez son ami Gilou, au cœur de Paris. Ce spécialiste de l'informatique avait été son adjoint à l'État-Major en Guyane. Le commandant savait qu'il occupait maintenant un poste stratégique, puisque responsable du pôle de la vidéoprotection de la ville de Paris, pour le compte du ministère de l'Intérieur. Il venait d'ailleurs d'être promu au grade de commandant, à défaut d'avoir été nommé commissaire au choix en 2012.

Pourtant pétrit de qualité, son profil ne semblât pas correspondre aux appétences divergentes de *Flamby*, passé aux commandes le 6 mai de cette même année. Les retrouvailles furent chaleureuses. Après s'être charrié sur d'anciennes parties acharnées de bowling, Gilou dégaina.

---Bon, Blanco, je suppose que tu n'as pas fait presque trois cents bornes pour me conter fleurette ? (Sourire)

---Toujours aussi perspicace à ce que je vois. Je t'explique.

Plus le récit de Blanco avançait, plus de petites perles de sueur apparaissaient sur le front de son interlocuteur, malgré ce rude mois de décembre.

---Tu sais que tu me demandes de détourner ma mission ?

---Arrête avec ça. Tu ne vas pas me la faire à moi, Gilou. Comme si ton point stratégique n'intéressait pas certaines hautes personnalités de ton environnement politique. Je mettrais ma main au feu que tu n'étais pas étranger à l'affaire du *Gayet-Gate* du 10 janvier 2014.

---Toujours aussi intrusif, mon cher Commandant.

Quelque peu embarrassé, le néo-commandant ne put s'empêcher d'éclater de rire, lorsque Blanco décrivit la tête de *clown* de *François Hollande,* sous son casque, dans le lieu prédestiné de la rue du *Cirque* dans le 8ème arrondissement de Paris. Inlassablement, Blanco continua à le travailler au corps. Il ne lâcha pas sa proie.

---Et bizarrement, ce cliché historique qui a largement dépassé l'hexagone, lui coûtant, en partie, l'élection présidentielle de 2017, a été réalisé par le *paparazzi, Sébastien Valiela.* Celui-là même qui, trente ans auparavant, avait déjà photographié *Mazarine Pingeot,* la fille cachée de *François Mitterrand*. Il se dit aussi que *Sarkozy* aurait tuyauté cette info. En tout cas, c'est le parti socialiste qui a été sérieusement ébranlé. Et il ne me semble pas que ce soit ta tasse de thé.

---Ok, Blanco. Beau récital. Je pense qu'il va être possible de te donner un p'tit coup de main pour ton enquête.

---Gilou, tu comprends qu'il y va de la sécurité d'enfants ?

---Je me doute que tu ne fais pas ça par intérêt personnel, je connais tes convictions, Blanco. Je vais faire en sorte que tout se passe dans les meilleures conditions.

---Mon adjointe, la capitaine Linda, me rejoindra vers 18 heures. Je te remettrai un téléphone vierge de l'affaire baptisée *niño*. Ainsi, tu ne pourras pas être tracé.

---Mais, tu m'as appelé avec quoi, ce matin ?

---Avec celui d'une amie rangée de Paname. Ne t'inquiète pas, elle est clean maintenant. Aucun problème là-dessus.

Ils s'accordèrent une franche accolade. Gilou était ravi de se rafraichir les neurones dans une enquête judiciaire digne de ce nom. Ça faisait bien longtemps qu'il n'investiguait plus. Arrivée sur place, Linda lui remit le téléphone *niño*. À 18 heures, l'hermétique dispositif de flicage se mit en place. Le magicien de l'informatique pouvait tout orchestrer à distance. Immédiatement, il dirigea une caméra de surveillance vers la sortie du parking souterrain du 105, avenue de la Porte-des-ternes, pour prévenir d'un éventuel mouvement de la Mercedes Classe E. À bord de la Mini Cooper S, le duo se positionna non loin de là, à proximité de l'église de *Notre-Dame de la Compassion*. N'ayant rien d'un véhicule de flic, cet engin semblait idéal pour assurer une réelle discrétion. Après quelques minutes de planque, Linda vit le commandant sourire. Ce qui n'était pas l'accoutumée, en opération.

---Pourquoi tu souris, Blanco ?

---Rien de bien méchant. Juste une anecdote sans intérêt.

---Dis toujours. Ça nous passera un peu le temps.

---C'est en voyant ta voiture cabossée. Non, laisse tomber, c'est totalement idiot.

---Tu risques quoi ? Le ridicule n'a jamais tué personne.

---Si tu insistes. Je viens juste de voir sur le net, que cette église a été construite à l'emplacement même où le prince Ferdinand-Philippe d'Orléans a perdu la vie dans un accident de calèche, le 13 juillet 1842.

---Eh bien ? Intéressant, mais je ne vois pas le rapport ?

---Tu feras juste attention en démarrant ta caisse, l'endroit est classé accidentogène.

---T'est con ! T'aurais effectivement mieux fait de t'abstenir. Appelle plutôt ta jolie Salina.

---Oui, tu as raison. Elle semblait préoccupée, hier.

---Quelle femme ne le serait pas, avec toi !

---Toujours adepte de *la loi du talion,* à ce que je vois.

---C'est toi qui me l'as enseignée, n'est-ce pas, Blanco ?

Le commandant appela Salina. Linda, qui n'avait pourtant rien à lui envier, animée d'une perceptible petite pointe de jalousie, mima jouer du violon. L'impatience dont fit preuve Salina coupa la chique du flic.

---Je t'ai appelé plus de vingt fois, Blanco ! J'ai l'impression d'être surveillée en permanence.

---Du calme, Salina. Tu en es certaine ?

---Oui, c'est bizarre Blanco. Je commence à avoir peur. Fais-moi confiance, je te dis que ce n'est pas normal.

---J'en parle à mon contact de Saint-Domingue ?

---Non, je ne fais confiance à personne ici. Et, tu m'en vois désolée, mais surtout pas à la police.

---Mais il s'agit d'un copain de promotion. Je te garantis qu'il est carré. C'est le seul qui pourra t'aider, là-bas.

---Non, pas pour l'instant. Tu penses qu'il y a un lien avec l'affaire du garçon de l'aéroport ?

---Je ne vois pas comment. Bon, sois prudente, j'avance pas mal sur ce dossier. Je vais quand même sensibiliser mon ami. On se reparle très vite, je t'embrasse. Courage.

Le commandant raccrocha et fixa la capitaine. Un détail lui échappait. Comment pouvait-on faire le lien entre le départ des Enriquez de Saint-Domingue et Salina ? Sans doute qu'un complice de la policière de l'immigration avait visionné l'enregistrement de la scène de l'aéroport. Pour Linda, il ne faisait aucun doute que cette affaire prenait une sale tournure. Serait-ce une nouvelle tentative d'intimidation, après la fusillade du parking aérien ? Tout comme la vraisemblable pose de la balise sous la Peugeot 308 ? Les messages semblaient clairs pour les deux chevronnés : *laissez tomber, sinon…*

Le commandant appela son taulier pour savoir si la découverte d'un traceur GPS sous sa voiture de service avait été évoquée par le commissaire de la P.J. de Paris.

---Alors Blanco, j'espère que tu te remets de tes émotions ?

---Tout va bien. Et toi, des news de la fusillade ?

---Tu te doutes que j'ai eu droit aux explications de texte de rigueur dans les hautes sphères, ce dimanche matin.

---Schéma classique. Du nouveau de la P.J. Paris ?

---Ils épluchent les bandes vidéo. Apparemment, le 4x4 Merco était volé et faussement immatriculé. Il a été retrouvé cramé, dans le bois de Boulogne. Tu ne vas pas me croire, mais la plaque minéralogique correspond à une Porsche Cayenne. Tu as eu le nez fin, Blanco. (Rire)

---Et pour la 308, ils n'ont rien trouvé d'anormal ?

---Non, ils ont procédé aux constatations, *a priori* rien à signaler. Pourquoi, tu penses à quelque chose de précis ?

---Non, à rien en particulier. Au fait, je ne reprendrai le boulot qu'en milieu de semaine prochaine.

---Ok. As-tu des nouvelles de la Capitaine Linda ?

---Oui, elle profite de sa famille, elle avait besoin de repos.

Linda et Blanco furent étonnés qu'il n'ait pas été mentionné la découverte d'une quelconque balise. Peut-être que le commissaire divisionnaire parisien préférait taire cette information, pour l'instant ? La capitaine manifesta, une nouvelle fois, son ressenti étrange vis-à-vis de leur taulier. Intuition féminine. Blanco la réfréna, avançant un comportement plutôt paternaliste.

Mutualisant l'attente du top départ de Gilou, Blanco avertit tout de même son homologue Philippe, de la possible mésaventure de Salina. Le démantèlement du réseau avait fait grand bruit, là-bas. Les langues s'étaient déliées. Bon nombre de personnes avaient dénoncé l'apparition d'enfants haïtiens, dans leur voisinage, puis leur disparition, tout aussi surprenante. Une instruction était ouverte et plusieurs témoins entendus. L'on dénombrait déjà le départ d'une dizaine de mineurs. La policière incarcérée ne pouvait être la seule du service de l'immigration dans le coup. Ses horaires de travail ne correspondaient que pour moitié aux embarquements des petits. Une enquête interne de la police des polices tendait aux recoupements dans l'espoir d'identifier, au moins, un autre facilitateur de ces passages. La tension était palpable au sein de cette institution. Le capitaine Philippe constatait que son accès à la police dominicaine devenait plus restreint. Mais il rassura Blanco : « *ne t'inquiète pas, je suis déjà passé au plan B. Je saurai qui tourne autour de Salina. D'ailleurs, j'ai pris contact avec elle pour assurer sa sécurité* ».

Le commandant, sachant qu'il pouvait lui faire entièrement confiance, se reconcentra sur l'objectif en cours, la surveillance de la Classe E. *À chaque jour suffit sa peine.* Il n'en perdit pas son humour pour autant et chambra son ex-adjoint.

---Alors mon Gilou, tu dors ou quoi ? Je voulais m'assurer que tu gardes bien les yeux ouverts sur le colis.

---T'inquiète pas pour moi, j'ai toujours l'œil aussi vif.

---Content de le savoir. On est dans les starting-blocks.

Le duo mit à profit ce temps mort pour débriefer et envisager le déroulement de l'éventuel marquage policier de la Classe E. Lorsqu'à 21 heures, Gilou leur annonça la sortie, en trombe, de la berline allemande.

---Elle vient de quitter le garage et se dirige vers vous, en direction du périph. L'allure est assez soutenue, attention.

Effectivement, à peine cinq minutes plus tard, la Merco passait, à grande vitesse, devant l'église de *Notre-Dame de la Compassion*. Inutile de donner un quelconque conseil à Linda qui en avait mangé de la filoche. Comme le prédisait Gilou, la Classe E prit la direction du périphérique, mais ne l'emprunta pas. Elle le longea par la rue Gustave Charpentier, à Neuilly-Sur-Seine, jusqu'au *Palais des Congrès,* pour prendre la direction Ouest de Paris, via la N13. La filature se déroulait parfaitement bien, jusqu'à quelques kilomètres de Nanterre où, à la suite d'un accident de la route, la circulation était alternée et régulée par des agents de police des Hauts-de-Seine.

---Gilou, c'est la merde ! On vient de perdre la caisse à environ 6 km de Nanterre. Tu peux me dire si tu la…

Son ex-adjoint lui coupa aussitôt la parole.

---Je l'ai en visuel. Tu imagines bien que j'ai aussi mes entrées hors de Paris, surtout dans la zone Ouest.

---Je m'en doutais un peu, tu as pas mal d'amis par là.

---Vous n'êtes pas très loin de l'objectif, à peine 300 mètres. Vous roulez dans la Mini Cooper rouge et noire ?

---Bien vu l'ancien. Tu n'as pas perdu la main.

---N'accélère pas trop, je te fais bloquer les feux dans 1 km. Tu pourras garder des voitures-écrans avec la Merco.

---Tu es au top mon Gilou. Je t'en devrais une.

Blanco savait qu'il avait frappé à la bonne porte, c'était un sacré débrouillard ce gars. En revanche, si la Classe E sortait du 92, il n'y aurait plus de seconde chance. Alors, Linda redoubla de vigilance. La concentration des deux acolytes était à son comble, le silence prédominait dans l'habitacle. Seuls, les variations du régime moteur, les coups de frein intempestifs et les 170 bourrins de la Mini Cooper S s'exprimèrent bruyamment.

Comme prévu, les feux tricolores neutralisés au rouge fixe, Linda put à nouveau récupérer le visuel sur la germanique, qui s'engagea sur l'A86. Toujours dans l'accélération, la Mercedes sortit à Rueil-Malmaison. La capitaine dut redoubler de discrétion, car le trafic automobile se faisait moins dense sur cet axe routier secondaire. La voiture filochée emprunta la départementale D173, en direction de la forêt domaniale de la Malmaison, puis l'avenue de la Jonchère et, enfin, l'allée du Clocher, bordant le domaine forestier. La Classe E pénétra dans l'enceinte d'une grande demeure, jouxtant le département des Yvelines.

Désormais, le duo ne pouvait plus compter que sur lui-même. Gilou, qui ne bénéficiait plus de visuel, pouvait pirater le système de vidéoprotection des lieux, mais il lui aurait fallu une à deux heures pour s'introduire dans le dispositif de sécurité. Restée à bord de sa Mini, la capitaine fit un repérage dans le quartier, tandis que Blanco observait discrètement les abords de cette immense bâtisse. Le parvis était occupé par quatre grosses berlines, dont la fameuse Classe E « protégée ». Étonnement, les volets étaient descendus et aucune lumière ne filtrait. Ayant repéré un poste d'observation plus discret, Linda rejoignit son acolyte.

---Il y a un endroit plus tranquille pour chouffer derrière, mais je n'ai pas vu âme qui vive, Blanco.

---Pareil pour moi. Ils doivent tous se trouver au sous-sol.

Fort heureusement, aucune voiture ne circulait à cette heure dans l'allée du Clocher. Les habitations voisines étaient très espacées les unes des autres et aucune caméra de vidéoprotection n'était dirigée vers l'extérieur. Pour l'instant, le duo de flic n'avait pu être repéré par un quelconque paroissien. Linda avait dissimulé son véhicule dans un petit chemin de terre, à l'orée de la forêt. Ils se rendirent, à pied, à l'arrière de la demeure. Aucun bruit ne vint déranger cette nuit aussi noire que froide. L'épais mur d'enceinte masquait parfaitement leur présence. Cependant, ce point d'observation n'apportait aucune plus-value.

Linda comprit, à l'attitude de Blanco, qu'il allait déclencher les hostilités. Son regard, sans équivoque, annonça un changement de tempo aussitôt perceptible. Pour preuve, l'accélération de la cadence des battements de cœur des deux officiers augmenta d'autant le rythme des sorties saccadées des petits nuages de buée qui s'échappaient de leur bouche. Hors du champ de balayage des caméras de surveillance, à l'affût du moindre indice acoustique, ils observèrent un silence de mort. De toute façon, rodés à ce type de situation, leur complicité se suffisait à elle-même. Leur visage affichant une détermination maximale, ils attendaient le moment propice pour investir l'immense bâtisse bourgeoise. Linda savait que Blanco trouverait la solution pour justifier, légalement, de l'entrée dans les lieux. L'index gauche de Blanco pointé vers le ciel signifia tant l'arrêt temporel que l'imminence de l'action. Habité par cet instinct hors du commun, le top départ du commandant se quantifia de manière infinitésimale. Alors qu'ils se préparaient à forcer l'intervention, un évènement inattendu leur évita d'enfreindre la légalité.

Dans le noir complet, un homme, seul, assoupi dans un immense sofa, au rez-de-chaussée de ladite habitation, sursauta lorsqu'un cri strident, provenant du sous-sol, vint lui percer les tympans. Ouvrant les oreilles, il entendit une sorte de bruit de cravache fendre l'air pour flageller sans doute un corps, d'un cinglant coup sec. Un gémissement étouffé laissa place à un fond de musique d'orgue à l'ambiance satanique anxiogène. Désireux de se réfugier dans sa bulle, il ignora l'incident, se rallongea en se recouvrant totalement du drap qui ornait le canapé.

Quelques secondes plus tard, il entendit un bruit suspect émanant de la porte de la cuisine, qu'il savait non verrouillée. Son sang ne fit qu'un tour, lorsqu'il aperçut deux rayons lumineux balayer l'intérieur de la pièce et se fixer sur la rampe menant au niveau inférieur. Planqué et immobile sous son linge blanc, il distingua deux ombres suivre les faisceaux de lumière de leur lampe torche, pour s'engouffrer prestement et silencieusement dans les escaliers. Il resta tétanisé, incapable d'esquisser le moindre geste, le corps parcouru par un courant glacial.

C'est ce même cri perçant qui avait déclenché l'action des deux flics, lesquels avaient aussitôt franchi le mur d'enceinte pour investir les lieux. Sans remarquer la présence du trentenaire dans le salon, ils descendirent, quatre à quatre, les marches d'escalier pour faire face à la porte d'où provenaient la musique macabre, et sous laquelle s'échappait un filet de faible luminosité. Ils éteignirent leur lampe torche. Leur pouls battait la chamade, les deux officiers ne se devinaient à peine dans la noirceur du corridor. Avant l'assaut, ils marquèrent un temps d'arrêt, inspirèrent profondément pour reprendre leur souffle. Comme à leur habitude, ils allaient déclencher les hostilités à l'issue d'un compte à rebours silencieux de trois secondes.

De l'autre côté de la porte, quatre couples hétéros nus et surexcités, uniquement porteurs de perruques royales et de masques vénitiens, batifolaient dans la pénombre de cette pièce revêtue d'un velours rouge cardinal, éclairée par une vingtaine de bougies. La musique d'orgue semblait les égailler. Une quadragénaire plus enflammée que les autres, découvrait cette ivresse insoupçonnée. L'étendue de son embrasement était telle, qu'on devina sa salive abondante et son entrejambe ruisselante. D'ailleurs, les soubresauts incontrôlés de sa ceinture abdominale confirmèrent son degré d'excitation. A l'inverse, les deux pauvres garçons sans défense s'attendaient à subir le pire, ils étaient tétanisés, le plus jeune fut pris de sanglots.

Ces pleurs déclenchèrent l'action. Les huit adultes perdirent de leur superbe, lorsqu'ils virent la porte de la pièce voler en éclats, ainsi qu'une femme et un homme pénétrer rageusement dans la pièce. Les huit comparses furent véritablement tétanisés par l'effet de surprise. À tel point que trois d'entre eux se pissèrent instantanément dessus. A la vue du port des brassards de police et des armes pointées dans leur direction, ils comprirent immédiatement qu'il s'agissait de policiers, lesquels crièrent leur qualité.

Tel un rugissement, la capitaine, le doigt nerveux sur la queue de détente, les avertit frénétiquement.

---Mettez les mains en l'air et claquez vos sales gueules contre le mur ! Je plombe le premier fumier qui bouge !

Malgré leur expérience, la vue insupportable des corps frêles des garçons fit, un moment, perdre toute lucidité aux deux officiers. Linda ne put s'empêcher d'allier le geste à la parole, en plaquant violement les huit salopards contre le mur. Le commandant ne résista pas non plus, en leur assénant de puissantes claques derrière la tête pour qu'ils la collent à la cloison. Il intensifia l'une d'elles sur l'homme qui se permit de se plaindre de violences illégitimes. Blanco se ressaisit et prit les rênes, lorsqu'il stoppa, *in extremis*, la tentative de coup de crosse de Linda envers le plaignant.

---Vous allez sagement exécuter les ordres ! Vous mettre la tronche contre ce mur, décaler les jambes vers l'arrière et croiser les poignets dans le dos ! Ne faites aucun geste que vous pourriez regretter ! Exécution !

La capitaine Linda jeta un regard d'acquiescement envers son commandant et ne put s'empêcher de vomir à même le sol. Également nauséeux, Blanco résista en focalisant sur la satisfaction d'apporter la preuve de l'existence d'un réseau tentaculaire. Étant donné que ces deux petits, sans doute européens, n'avaient rien du profil caribéen des *reztavek*. Les deux flics lillois allaient pouvoir débuter officiellement leur quête de vérité.

Dans un silence de cathédrale, les malfaisants exécutèrent à la lettre les instructions. Linda menotta quatre d'entre eux avec les deux paires de menottes. L'autre quatuor fut neutralisé à l'aide de serflex, que Blanco lui avait toujours conseillé de porter en cas de besoin. Elle les fit s'agenouiller sur l'épaisse moquette moelleuse rouge cardinal, leur ôta les ridicules postiches et camouflages faciaux. La capitaine fut surprise de constater que ces affreux personnages jouissaient d'un rang social élevé, trahis par des visages exsangues de souffrances passées. Pour fixer la scène à jamais, Blanco dirigea l'une des deux caméras sur trépied vers les têtes baissées, laissant tout de même entrevoir leurs trombines blêmes, enlaidies par les corps flasques et ventrus des quatre hommes sexagénaires, et ceux efflanqués des femmes quadragénaires, au point de faire perdre à leur chair son aspect florissant. Pendant que le commandant les tenait en joue, Linda vint au secours des deux jeunes garçons.

Sans doute atteinte par le syndrome du transfert, elle sentit une larme couler sur sa joue. Elle verbalisa autant pour rassurer les enfants, que pour évacuer l'énorme nœud qui lui serrait la gorge.

---Ça va aller, les petits. Tout est fini. C'est la police.

Elle dénoua les liens des enfants, avant de libérer délicatement leur visage creusé. Devant leur tête de bambin, Linda sentit glisser une seconde larme. Complètement hagards et terrorisés, les garçons, en sanglots, l'étreignirent fortement, jusqu'à lui couper la respiration. Ils faisaient peine à voir et s'exprimèrent en une langue étrangère latine qu'elle reconnut être du roumain. Un courant électrique lui parcourut tout le corps. Bien qu'écœurée par la scène, elle réalisa, à ce moment précis, les raisons qui la poussaient encore à exercer ce métier. De son côté, Blanco expira longuement, satisfait d'être sur la bonne voie, conscient que plus rien ni personne ne pourrait les empêcher de sauver d'autres petits anges.

Mais, alors que la pression retombait doucement, un vrombissement de moteur se fit entendre dans la cour. Linda braqua de plus belle les quatre couples, tandis que Blanco gravit, à la course, les marches d'escalier. Il arriva trop tard et ne vit que l'arrière de la classe E, qui se volatilisa en une seule accélération. Il en informa son ami Gilou qui n'avait pas quitté son écran de contrôle.

---T'inquiète, je l'ai déjà en visuel dans le centre de Rueil. Mais je risque de la perdre sur l'A86.Tu as trouvé quelque chose d'intéressant dans la maison, Blanco ?

---Oui, l'horreur ! Je t'expliquerai, Gilou. Je pense que ça va chauffer là-haut. Il semble y avoir du beau monde, ici.

Redescendu dans la pièce macabre, il prit le relais de Linda, qui mit les deux garçons en sécurité dans l'immense sofa du fuyard. Épuisés et soulagés, les petits s'endormirent dans les bras de la capitaine au cœur meurtri. Comment pouvait-on s'en prendre aussi cruellement à des enfants ? Quel diable pouvait bien habiter ces gens pour commettre de telles atrocités ? Était-ce leur notoriété qui leur permettait ces horreurs ? Linda se contenta de maintenir contre elle les garçonnets, tout en observant l'intérieur de la maison. Le mobilier était recouvert de draps blancs. Sans doute que ces huit fumiers avaient loué à prix d'or cette habitation non occupée, pour commettre leur inqualifiable dérive sexuelle. Dommage qu'un neuvième individu ait réussi à prendre la fuite. Peut-être s'agissait-il du sieur José Luis Enriquez ? Impossible de le savoir, son portable pucé restait immobile depuis peu. Blanco, braquant toujours les quatre couples, passa un coup de fil à son taulier.

---Tu as l'air essoufflé, Blanco. Que se passe-t-il ?

---Linda et moi avons interpellé quatre couples à poil qui s'apprêtaient à violer deux Roumains d'à peine dix ans, dans une demeure à Rueil-Malmaison. Un autre salopard a réussi à prendre la fuite à bord de la fameuse Classe E protégée.

---Je suppose qu'il s'agit du couple de l'avenue de la Porte-des-Ternes. Quelles sont les six autres personnes ?

---Des notables. Je sais que ça va chauffer, mais, je n'en ai rien à foutre, nous avons les petits, c'est l'essentiel.

---Ouais, je ne sais pas où va nous mener cette affaire. Bon, ne bouge pas, j'appelle le taulier de la P.J. de Paris et je t'envoie du monde. Que ce soit bien clair entre nous, je n'étais pas au courant de ton enquête, Blanco.

À peine un quart d'heure plus tard, les halos de lumières des gyrophares bleus des renforts de police vinrent colorer l'apparente tranquillité du quartier résidentiel. L'ambiance changea de ton lorsque, comme tout droit sorti du bois, le commissaire divisionnaire de la P.J. de Paris fit irruption dans la maison, accompagné de son second. Le visage tendu, les yeux exorbités, le taulier s'avança d'un pas agressif vers le commandant. La capitaine tenait toujours les deux petites victimes bien drapées et serrées contre elle. Blanco respira un grand coup, exposa la paume de sa main gauche en direction de Linda, en guise de « *je m'en occupe* ».

Le commandant, qui ne craignait pas grand-chose, en général, à part lui-même parfois, était prêt à absorber et inverser le rapport de force, en accueillant, à sa manière, le patron parisien et son chevron. Le bref changement d'attitude de Blanco inquiéta déjà son adjointe.

5- Improbables rebondissements.

Blanco, qui n'était pas homme à subir les évènements, s'avança prestement et fièrement vers le patron de la P.J. de Paris et l'avisa plutôt ironiquement.

---Vous en avez mis du temps, Commissaire ?

---Que foutez-vous encore, ici, Commandant Blanco ? Vous n'êtes pas chez vous ! Et qui est cette femme ?

Comme lorsqu'un supérieur hiérarchique le prenait de haut, Blanco poursuivit sur un ton narquois.

---Cette femme, comme vous dites, est ma brillante adjointe, la Capitaine Linda de la Crim' P.J. de Lille.

---Lille, Commandant ! Vous n'êtes pas compétents, ici !

Blanco poursuivit avec la même ironie, jusqu'à ce que le sourire laissât place au rictus. La sève commençait sensiblement à monter.

---Dois-je vous rappeler les fondamentaux, Commissaire ! Notre intervention dans ce domicile, même hors horaire légal, s'est réalisée dans l'un des cas de l'état de nécessité que nous apprenons tous sur les bancs de l'école de police. Faut-il vous rappeler l'article 112-7 du Code pénal ? En l'espèce, nous avons entendu un appel au secours provenant de l'intérieur de l'habitation. Par conséquent, notre devoir était de porter secours à personne en danger ! L'inverse aurait été répréhensible ! Et maintenant, j'te conseille de baisser d'un ton, si tu n'veux pas que j'te rentre dans l'buffet !

La capitaine Linda comprit que Blanco allait le chopper par le colback. Ce que confirma l'emploi soudain du tutoiement. Jusque-là de marbre, le commandant Bois s'interposa bien à propos.

---Du calme, Blanco. On ne va pas se mettre sur la gueule.

---Alors, conseille-lui de baisser la tonalité. Nous, on a fait le boulot. Qu'est-ce qui le dérange autant ?

---De ne pas avoir été mis au courant, c'est tout.

---Eh bien, il l'est, désormais. Et pourquoi ce n'est pas le S.R.P.J. de Versailles qui traite ce flag ?

---D'une part, ton taulier a appelé le mien. D'autre part, il y a eu la fusillade de ta 308. Enfin, le Parquet nous a saisis.

---Vous avez vite fait le raccourci entre les coups de feu du parking et cette affaire de pédophilie. Mais je n'ai pas dit mon dernier mot. Je n'ai pas confiance en vous. Vous n'avez même pas adressé le moindre regard envers ces gamins, depuis que vous êtes entrés dans la pièce.

Bref, après cet accrochage viril, tout ce petit monde fut emmené au nouveau 36, surnommé le *Bastion des Orfèvres* dans le 17ème arrondissement de Paris. C'est bien l'équipe du taulier parisien qui prit l'enquête à son compte. Les quatre couples de notables furent placés en garde à vue, mais n'étaient pas auditionnés dans l'immédiat, chacun usant du droit de se faire assister d'un conseil. Sans surprise, ils sollicitèrent les meilleurs avocats de la place. En attendant, d'aucuns d'eux ne prononcèrent le moindre mot. Nonobstant une situation pour le moins compromettante, ils affichaient une attitude étonnement sereine. Les deux petits Roumains allaient être transportés à hôpital pour un examen approfondi. Malgré leurs pleurs déchirants, les policiers de la P.J. de Paris tentèrent d'interdire à la capitaine de les y accompagner et, sans état d'âme, essayèrent de décrocher les petits doigts des enfants, fermement accrochés aux vêtements de leur protectrice. À l'évidence, les notables semblaient bénéficier d'un traitement beaucoup plus favorable. Blanco s'interposa fermement pour empêcher que son adjointe ne leur rentre dans le lard. La tension était à l'extrême, ce qui ne fit qu'augmenter l'incompréhension chez les petits.

Finalement, ils déposèrent les victimes jusqu'au centre hospitalier, escortés par les flics parisiens, avant de faire retour au « 36 ». Calmée par son commandant, Linda se raccrocha à l'idée que, grâce à leur intervention, les garçons avaient échappé de justesse à l'horreur.

Après la rédaction du procès-verbal d'interpellation et de leurs auditions, Linda et Blanco furent invités à disposer. Le patron de la P.J. de Paris refusa qu'ils assistent aux interrogatoires des enfants : « *inutile de rester dans nos murs. De toute façon, ils ne seront entendus qu'à leur retour de l'hôpital, en présence d'un interprète en langue roumaine. Pour votre gouverne, vous êtes conviés, demain matin, à la première heure, dans le bureau du procureur de la République du parquet de Paris. Si j'ai un conseil à vous donner, soyez en forme. Mes amitiés à votre cher patron !* ».

Au bord de la rupture, ils prirent sur eux de conserver leur sang-froid. Blanco qui avait connu le vrai « 36 », celui du légendaire *quai des Orfèvres*, découvrit, dans ce nouveau « 36 », une ambiance exsangue d'humanité et de cohésion. Linda trop agacée, Blanco prit le volant de la Mini-Cooper S pour rejoindre le domicile de Gilou. Le rendez-vous au Palais de Justice, le lendemain matin, s'annonçait d'ores et déjà musclé. Le duo ne prononça quasiment aucun mot avant l'arrivée chez l'ancien adjoint du commandant. Le regard vide de la capitaine, dans la nuit noire et froide des rues de Paris, glaça sa vitre. Elle se repassait en boucle l'horrible scène des enfants nus, sans défense, attachés comme des bêtes sur la table, à la merci de ces pourritures. L'étymologie de Malmaison prenait tout son sens, l'expression latine, *mala domus*, signifiant *mauvaise maison*. Au bord de l'explosion, elle resta muette. Blanco aperçut une larme couler sur la joue creusée de sa coéquipière. Il préféra se concentrer sur la suite des opérations en terrain, de toute évidence, miné. Gilou avait perdu le visuel sur la Classe E, dès son entrée sur l'A86. La voiture n'avait pas rejoint son camp de base de l'avenue de la Porte-des-Ternes. Les vitres teintées empêchaient de voir clairement le visage du conducteur qui ne pouvait être le propriétaire, dans la mesure où celui-ci et sa femme faisaient partie des quatre couples interpellés. En revanche, la silhouette du pilote pouvait correspondre à celle du sieur José-Luis Enriquez. Gilou piaffait d'impatience d'accueillir ses deux collègues.

---Je sais que ça ne te fait pas peur, mais j'ai l'impression que tu as mis la main sur une sale affaire, Blanco.

---Je le crois bien aussi, Gilou. Et comme tu dis, on a enfoncé le clou. Maintenant, je m'attends à une enquête sous haute tension, mais j'en ai vu d'autres. J'espère au moins que ça va faire bouger les choses pour les petits.

---Bon, reposez-vous un peu. Ça risque d'être moins drôle, dans quelques heures, chez le Proc.

Linda, dans la chambre d'amis, et Blanco, dans le convertible du salon, eurent toutes les peines du monde à trouver le sommeil. Tous deux gardaient les yeux rivés au plafond. Non pas en raison de l'explication de texte à laquelle ils s'attendaient, ce lundi matin, dans le bureau du procureur, ça, ils en avaient pris l'habitude. Mais, à cause de la scène d'horreur qu'ils avaient découverte dans le sous-sol de cette demeure. Comment des gens, aussi évolués socialement, pouvaient commettre de telles atrocités envers d'innocents petits enfants ? Non pas que les milieux défavorisés pouvaient bénéficier d'une quelconque circonstance atténuante, loin de là. Mais tout de même, ces personnes étaient largement décisionnaires dans leur milieu respectif. Le couple de la classe E possédait une énorme société cotée au CAC40, dont les ramifications impactaient sensiblement l'économie du pays. Et que dire des relations étroites que ce riche industriel entretenait avec le ministre du Budget et d'autres huiles hautement perchées. Les trois autres couples, également dans la catégorie de la soixantaine pour les hommes et la quarantaine pour les femmes, n'avaient rien à leur envier : bijoutier de luxe place Vendôme, directeur d'une banque multinationale, commissaire-priseur au cœur de Paris. Tous exerçaient au plus haut rang dans leur secteur d'activité. Mais, plus que le statut de ces personnalités, c'était véritablement le sentiment effroyable qui taraudait le cerveau des deux flics. Sans leur intervention, le supplice des garçons Roumains aurait atteint le sommet de l'horreur. Par quel circuit étaient-ils arrivés ici ? Quelle pouvait-être l'ampleur de ce réseau ? Était-ce le sieur José Luis Enriquez qui avait pris la fuite ? Quelles étaient les intentions du taulier de la P.J. de Paris ? Qu'était devenu le petit Pedro Enriquez ? Et des tas d'autres questions, auxquelles ils devraient trouver les réponses. La capitaine s'étonnait que leur taulier n'ait pas daigné les rappeler après l'interpellation. Le commandant lui rétorquait qu'il évitait de trop s'exposer pour assurer sa sortie proche.

Dès potron-minet, la réconfortante odeur de café vint leur caresser les narines. Cette gentille attention de Gilou fit rapidement place à la gravité du moment. Inutile de se leurrer, la réunion au parquet de Paris sentait le souffre. Le regard de Linda envers Blanco livra toute son inquiétude. Pas dupe, il la rassura sereinement.

---T'inquiète pas, Linda. Ce sera comme d'habitude, ferme, mais courtois. N'oublie jamais qu'on a fait le job.

---J'ai un drôle de pressentiment. Je suis impatiente de lire les déclarations des pauvres petits. Tu vas appeler le taulier pour avoir des news ?

---Non, je lui ai demandé de rester en dehors de cette affaire. Nous ne sommes que tous les deux dans la partie.

Finalement, le procureur se déplaça au *Bastion des Orfèvres*, dans les murs du commissaire parisien. Ce qui fut de mauvais augure, puisqu'il jouera à domicile. Le commandant ironisa : « *la victoire n'en sera que plus belle* », Linda répondit, du tac au tac : « *à vaincre sans péril, on triomphe sans gloire* ». Ils n'allaient pas être au bout de leurs surprises. Tous réunis dans la salle de réunion, le proc prit la parole, usant d'un ton solennel.

---Madame, Messieurs, je sais que la situation était à flux tendu la nuit dernière. L'heure n'est pas au règlement de compte, vous aurez tout loisir de laver votre linge sale en famille. Avant tout, je tenais à féliciter la Capitaine Linda et le Commandant Blanco de l'interpellation des huit personnes à Rueil-Malmaison. Même si je ne partage pas forcément le *modus operandi*.

Son laïus terminé, le proc passa la parole au juge d'instruction qui l'accompagnait. Lequel continua sur un ton plus grave, arguant que cette arrestation, non programmée, s'inscrivait dans le cadre d'une commission rogatoire internationale, instruite en Europe, depuis de longs mois. Il adressa un regard sans équivoque, plus à teneur de reproche que de reconnaissance, à l'endroit de Blanco, qui représentait le petit grain de sable dans la mécanique bien huilée d'un système vicié, auquel le commandant se heurtait depuis plus de trois décennies.

S'il n'essuyait jamais les représailles du *milieu,* dont il mettait pourtant les chefs de file sous les verrous, en revanche, en dépit de ses nombreux faits d'armes, il ne cessait d'affronter les foudres d'une hiérarchie instrumentalisée. Dans cette affaire ultra-sensible de pédophilie, ce fin limier savait que l'instruction se trainerait sur un rythme de sénateur. D'ailleurs, il devenait fréquent que certains journalistes indépendants d'investigation fassent écho de la lenteur de ces procédures diligentées par les services concernés (justice, police, gendarmerie, FBI...), évoquant des ramifications dans les milieux des puissants, des politiques, voire des Institutions régaliennes.

Le juge resta froidement professionnel et intégra, à leur grande surprise, Linda et Blanco, dans le service Interpol qui dirigeait cette affaire d'envergure. La P.J. de Paris ne conservait que l'affaire de la fusillade de la 308, aucun élément ne reliant cette enquête à celle du réseau pédophile, dixit le magistrat. Les deux flics bénéficiaient d'une seule journée, avant leur détachement. Impatiente, Linda posa une question dont la réponse lui glaça le sang.

---Madame, ce n'est ni le moment ni le lieu. Je peux juste vous dire que les enfants ont disparu de la circulation.

Linda eut l'impression que le sol se dérobait sous ses pieds. A l'attitude du commandant, elle comprit que tout commentaire serait inutile, cet évènement improbable semblant en arranger plus d'un. Désabusés, ils rentrèrent à Lille pour les préparatifs parisiens. Une mauvaise nouvelle n'arrivant jamais seule, Salina appela, complètement effondrée. Son fils avait disparu. Elle sanglotait et ses propos étaient incompréhensibles. Blanco dut hausser le ton pour la faire réagir.

---Calme-toi, Salina ! Il faut que tu m'écoutes ! Je sais que c'est difficile, mais c'est dans l'intérêt de ton garçon. Le Capitaine Philippe va vous mettre, toi et ta fille, en sécurité chez lui. Fais-lui confiance, c'est un bon flic.

---J'ai peur pour mon fils, Blanco. Je regrette tellement de t'avoir montré ces gens à l'aéroport. (Sanglots)

Philippe savait que, dans les enlèvements d'enfants, le temps était compté. Après un aller-retour éclair entre La Romana et Santo-Domingo, il installa Salina et sa petite, dans son vaste appartement de la rue principale de *la zona colonial*. L'enquête qu'il menait à distance, en étroite collaboration avec le capitaine Rodriguez, établissait que la policière de l'immigration, impliquée dans le transfert de Pedro Enriquez, bénéficiait d'une complicité interne. Le capitaine dominicain suspectait un autre agent de son service, dont les horaires collaient avec les autres passages sous le même alias. Une étude officieuse des appels téléphoniques du policier douteux, permit d'identifier un individu susceptible de détenir le petit garçon de Salina. Le domicile était localisé à une vingtaine de kilomètres de la capitale.

Les deux homologues officiers préférèrent ne pas ébruiter ce kidnapping, la première affaire leur ayant déjà suscité quelques ennuis auprès de leur hiérarchie. Philippe dut rendre des comptes à la D.C.I. basée à Nanterre : « *on ne vous demande pas d'investiguer, mais de former les policiers dominicains et de nous aviser de la politique générale du pays* ». C'était du même acabit pour Rodriguez : « *votre boulot s'arrête au contrôle des passagers, pas d'enquêter sur vos collègues. Il y a la police des polices pour cela* ». Comme partout, dans ce monde dénué de bon sens, lorsqu'il s'agissait d'affaires sensibles, les intérêts de certains hauts décisionnaires dépassaient l'entendement. Les deux capitaines prirent la direction du domicile ciblé en périphérie d'un quartier populaire.

Outre-Atlantique, Blanco faisait les cent pas dans son loft du Vieux-Lille, lorsqu'il fut rejoint par Linda. Pour quelle raison s'en prendre au petit garçon de Salina ? Les deux fins limiers suspectaient une pression à distance, un nouvel avertissement, après celui de la fusillade. Puisque ce dernier message n'avait pas empêché Blanco de poursuivre sa quête de vérité, en interpellant les huit notables à Rueil-Malmaison. Nul doute que l'enlèvement était en lien avec cette arrestation, renforçant la probabilité que José-Luis Enriquez devait être le fugitif de la Classe E. Retrouver sa trace devenait une priorité pour faire avancer le dossier. Blanco reçut un appel du taulier.

---Tu ne vas pas être ravi. Les deux victimes Roumaines se sont enfouies de l'hôpital et vos huit interpellés viennent d'être remis en liberté.

---Je savais pour la première info. Mais, j'espère que tu me fais une mauvaise blague pour la seconde ?

---Ils ont bénéficié de vices de procédure. Le patron de la P.J. de Paris a commis une bourde concernant les délais légaux de la notification de la garde à vue et, surtout, en portant atteinte à leur droit d'être assisté par un avocat dans les temps impartis. Il prétexte qu'il était sous tension à cause de ton action intempestive.

---Putain, quel fumier. Ça commence à faire beaucoup. Ils ne leur restent plus qu'à faire disparaître la sextape pour qu'il n'y ait plus d'affaire. Sont-ils mis en examen ?

---Non, le proc a soulevé la boulette avant leur présentation devant le Juge d'instruction qui vous a détachés. Dernier problème, et non des moindres, l'enregistrement vidéo est inexploitable. Faites attention tous les deux, il est peut-être plus sage de sortir de ce guêpier, tant qu'il en est encore temps.

---On ne lâchera jamais les petits. Plutôt crever !

Le lourd regard échangé entre Linda et Blanco remplaça tout discours. Celui-ci avait déjà été confronté à ce genre d'incartade, dans des affaires très sensibles de mœurs et de stups, où des notables impliqués avaient bénéficié de cas de nullité. Cette *justice à deux vitesses*, l'une pour les dirigeants, l'autre pour les dirigés, était monnaie courante dans ce pays prônant, pourtant, la liberté, l'égalité, la fraternité. Entre l'enlèvement du petit garçon de Salina, la disparition des deux petits Roumains, la remise en liberté des huit salopards et le sabotage de la sextape, le duo dut garder la tête froide.

Les deux acolytes refirent le point sur les désagréments rencontrés depuis le début de cette enquête. Tout d'abord, le déclenchement d'alerte lors du passage au fichier de la Classe E protégée ; ensuite, en guise d'avertissement, la fusillade du parking ; puis, l'attitude controversée du taulier parisien, qui taisait la présence de la mini balise GPS placée sous la 308.

Inutile de sortir de Saint-Cyr pour comprendre que leur détachement était un nouveau subterfuge pour mieux les cadenasser. Ils seraient bientôt fixés, en fonction de l'accueil que leur réservera la *team* d'enquête France. Ils allaient devoir la jouer finement pour remplir les deux premiers impératifs : remettre la main sur la Classe E et José-Luis Enriquez ; puis, surveiller, aussi discrètement qu'étroitement, Pantin, le patron de la P.J. de Paris.

Au même moment, à huit heures d'avion de là, peu avant midi, l'action était imminente. Philippe stationna sa voiture dans un bosquet, à une cinquantaine de mètres derrière l'habitation du potentiel receleur du petit de Salina. Aucun signe de vie n'était perceptible à l'extérieur comme à l'intérieur de la maison esseulée. Les deux capitaines pénétrèrent dans la cuisine, par la porte arrière de la case. Philippe, non armé, emboîta le pas de son homologue dominicain, qui dégaina son *Smith & Wesson*. Le modeste mobilier semblait crouler sous l'épaisse couche de poussière. Sur le sol crasseux se dessinaient distinctement les traces de pas d'un homme et d'un enfant. La progression des deux flics s'accompagnait de petits soulèvements de nuages poussiéreux rendant l'atmosphère encore plus opaque. Seul le couinement des semelles en cuir de l'officier Rodriguez trahissait le profond silence.

D'un coup sec, la porte de l'unique chambre s'ouvrit. À peine le temps de réagir qu'un homme brandit une arme de poing et tira sur le flic dominicain, le touchant en pleine poitrine. La violence de l'impact le fit chuter en arrière, emportant son coéquipier de circonstance, qui sentit le deuxième tir lui effleurer le cuir chevelu. D'un réflexe insoupçonné, Philippe parvint à se saisir du révolver de son acolyte et logea une balle entre les yeux de l'agresseur, qui s'affaissa au sol.

Le flic français ne réalisa pas vraiment ce qui venait de se produire, sentiment normal en pareille mésaventure. Instinctivement, il enjamba le corps de cet homme pour libérer le garçon de Salina, bâillonné et ligoté au lit. S'il avait entendu les trois violentes détonations, ses yeux bandés lui avaient évité de voir la fusillade. Les liens dénoués, il déplaça le petit dans la cuisine pour vérifier qu'il était indemne. Puis, il retourna sur la scène de crime. Le constat était sans appel. Les deux hommes étaient morts sur le coup. Le valeureux capitaine Rodriguez avait été touché en plein cœur. Ce n'est qu'à ce moment précis que Philippe redescendit sur terre. Il s'exprima à voix haute, comme pour s'assurer qu'il n'errait pas en plein cauchemar.

---Putain ! Dans quel merdier j'me suis fourré !

La situation ne pouvait lui être plus défavorable. Comment justifier de sa présence, ici, hors enquête officielle, entre deux cadavres et un enfant enlevé, à mille lieux de sa compétence hexagonale ? Sûr qu'avec le système judiciaire local, la prison lui tendait les bras. Sans compter que les tensions diplomatiques entre les deux pays n'étaient pas vraiment apaisées, depuis la rebondissante affaire d'*Air cocaïne*.

La modification de l'état des lieux lui sembla inévitable. Méticuleusement, il ôta ses empreintes du *Smith & Wesson*, le réinséra dans la main droite du capitaine Rodriguez, en prenant soin de lui déposer quelques résidus de tir sur le poignet. Il masqua ses traces de pas sur ce sol souillé, à l'aide des semelles du tireur, qu'il rechaussa, et prit soin de faire disparaître toute trace pouvant laisser supposer la présence du petit de 6 ans, qu'il porta, en pleurs, complètement terrorisé, jusqu'à sa voiture de service. Le capitaine quitta discrètement les lieux, sans que les riverains, heureusement très éloignés, ne puissent remarquer sa présence. Philippe parvint à rassurer le garçonnet, allongé sur la banquette arrière, avant d'appeler son pote de promo. Le commandant s'aperçut du ton anormalement élevé.

---Blanco, j'ai le p'tit. Mais ça a sérieusement merdé, ici.

---Du Calme, Philippe. Que s'est-il passé ?

Le capitaine, aguerri au compte-rendu judiciaire, narra en détail le déroulement de l'intervention. Blanco, d'un calme olympien, comme souvent en pareille circonstance, lui donna les premières recommandations.

---Tu ramènes le garçon auprès de Salina. Tu brûles tes vêtements, tu vas nettoyer le dessous de ta caisse au karcher et tu changes les roues. Il ne peut y avoir la moindre poussière du site sur ta voiture et la structure de tes pneus ne doit pas être identifiée sur les lieux. Passe-toi aussi un aimant au niveau du poignet et de ta main droite pour extraire les résidus de tir. Ensuite, tu te rends au taf, comme si de rien n'était, et tu envoies un message quelconque à ta direction. Je m'occupe du reste et te rappelle. Encore bravo, Philippe, beau boulot !

L'officier français vouait une confiance absolue à l'endroit de son pote, dont il connaissait les nombreux faits d'armes. Inévitablement secoué par la gravité de ce qu'il venait de vivre, les propos de Blanco obtinrent l'effet escompté, rassurer Philippe au mieux pour qu'il ne commette aucun impair, qui se payerait cash. Le commandant appela l'un de ses contacts dans le domaine maritime, avec qui il avait gardé attache, après le pseudo vol du yacht, le *Beru Ma*, en Corse. Deux coups de fil suffirent à faire embarquer, clandestinement, Salina et ses deux enfants, à bord d'un cargo à destination de Sint-Maarten. Un ami de Blanco, Harry, les y gardera en sécurité, le temps qu'il faudra. Les trois passagers préservés, restait à trouver la bonne stratégie pour exonérer Philippe de cette fusillade mortelle.

---Tu auras de gros ennuis si tu apparais dans la tuerie. Tu dois prendre de la distance dans l'enquête engagée par Rodriguez. D'autant que tu n'as pas l'identité du policier soupçonné. Il se fera discret, quelque temps, lorsqu'il sera au courant du drame. La police devrait conclure à un rendez-vous qui a mal tourné entre flic et voyou. Nous apporterons d'autres éléments de langage plus tard, pour préserver la probité du Capitaine Rodriguez.

---Merci, Blanco. Tu m'enlèves une belle épine du pied.

---C'est normal, Philippe, d'autant que j'en suis à l'origine. Ne t'inquiète surtout pas et sois le plus naturel possible, ne change rien à tes habitudes. Si c'est chaud, appelle-moi, je saurai te sortir du merdier, quoi qu'il advienne. Pour l'instant, je dois faire face à une adversité de haut rang, ici. J'te rappelle. Bon courage.

Linda resta muette, quelques instants, devant la tournure dramatique des évènements. Blanco tenta de la rassurer, masquant au mieux sa propre inquiétude. Le commandant savait que la meilleure manière de contourner cette légitime préoccupation était de se mettre au travail. José Luis Enriquez devenait le pion essentiel pour identifier les ramifications du réseau. Lui seul représentait une menace envers les huit notables. Un nouveau rebondissement vint entraver les plans des deux flics. La classe E venait d'être retrouvée incendiée dans une forêt, à Anor. Linda réagit instantanément.

---Tiens donc, Anor, proche d'Hirson, comme par hasard. Le couple de notables a dû y récupérer Enriquez pour le ramener à Bruxelles. Faut le retrouver avant que d'autres s'en occupent. Tu vois ce que je veux dire, Blanco.

---Vu la réactivité des antagonistes, j'ai bien peur qu'ils aient déjà mis ce gars hors d'état de parler, pour préserver leur stratégie de défense.

Les deux flics ne pensaient pas si bien dire. Via l'un de ses contacts policiers belges, Blanco apprit que l'un des seuls espoirs de remonter la filière venait d'être retrouvé sans vie, dans son appartement bruxellois. Cette affaire déjà très alambiquée se compliquait davantage. Le nombre de morts alourdissait cette atmosphère nauséabonde. Fallait-il protéger Carolina, la jumelle du défunt ? Blanco ne le pensa pas. Son existence n'était sans doute pas connue du réseau. Vu le traumatisme subi à son jeune âge, elle n'aurait jamais participé à une quelconque organisation pédophile. Elle semblait convaincue que son frère permettait seulement à quelques pauvres petits *Reztavek* de sortir de la misère, pour être adoptés par des familles européennes aisées ; « il me l'a juré », avait-elle déclaré lors de sa rencontre avec le commandant.

Linda et Blanco rendirent une visite de courtoisie à leur taulier, pour évoquer ce qui se passait sur le vieux continent ; la fusillade de Saint-Domingue n'ayant jamais existé... Leur patron, le regard fuyant, se passa les mains dans ses cheveux grisonnants, puis, après une profonde respiration, s'adressa à eux sur un ton grave.

---Votre altruisme est remarquable. Mais, parfois, il faut savoir se retirer tant qu'il en est encore temps. Tu risques d'entraîner Linda dans une dangereuse spirale, Blanco.

---Je connais les enjeux. C'est aussi pour cela que je voulais que Linda l'entende. Maintenant, c'est à elle de choisir de continuer, ou non. Je respecterai son choix. Mes enfants sont grands et ils semblent bien armés pour élever mes petits-enfants. Je ne dis pas qu'ils n'ont plus besoin de moi, mais, le fils de Linda n'a que 9 ans, lui, et…

Agacée, la capitaine interrompit autoritairement le dialogue entre ses deux supérieurs hiérarchiques.

---Je n'ai nul besoin d'écouter vos avertissements. J'ai frappé à la porte de la Grande Maison, il y a plus de quinze ans, pour m'engager sans retenue. Blanco, tu m'as inculqué tes valeurs et enseigné à toujours aller au bout de mes convictions. Aujourd'hui, mon seul objectif est d'élucider cette affaire, pour protéger ces enfants innocents, qui subissent les pires sévices, et ces mères impuissantes, qui souffrent en silence. Si vous m'interdisiez de poursuivre, vous recevriez ma lettre de démission sur le champ. Ce qui ne m'empêcherait pas de poursuivre cette enquêter en solo.

Le commandant, fier de la réaction de sa coéquipière, lui adressa un regard à la hauteur de son engagement, à la grande stupéfaction du taulier qui n'avait jamais vu Blanco exprimer aussi ouvertement son émotion. Linda fut également surprise de cette marque inhabituelle de reconnaissance. La messe était dite, ils iraient au bout. Leur commissaire persista, en vain.

---Votre marge de manœuvre fond comme neige au soleil, Enriquez « overdosé », les huit notables défendus par les meilleurs baveux, les deux victimes volatilisées, la sextape inutilisable et votre détachement dans le groupe France en guise de verrouillage.

---(Sourires) Rien n'y fera, patron. On va faire un tour à Anor. On y trouvera peut-être un indice qui aurait échappé aux policiers locaux. Je connais le chef de l'identité judiciaire, Christian, ça pourra nous aider.

Le temps pressait, leur présentation au groupe d'investigation France étant prévue à Paris, le lendemain, en début d'après-midi. Sous l'air médusé de leur taulier, ils prirent la direction de la forêt d'Anor, à un peu plus d'une heure de route de Lille. Durant le trajet, les deux acolytes convinrent qu'ils représentaient, désormais, les deux éléments les plus dérangeants dans cette affaire. Ils allaient devoir faire preuve de fins stratagèmes pour faire diversion au sein de leur future équipe. Blanco saura jouer le *brut de décoffrage*, pour masquer son intelligence de jeu. Son adjointe aura tout loisir d'y ajouter sa touche féminine, en feignant de ne pas tout comprendre, pour mieux surprendre l'adversité.

La bonne heure de conduite passa à vitesse grand V. Juste le temps d'alpaguer au passage son ami de l'I.J.,

Christian, qu'ils fouillaient déjà l'endroit où avait été incendiée la Classe E. La nuit était rapidement tombée, ce qui ne facilita pas leur tâche. Ou si, finalement, car, après une demi-heure de vaine recherche, la partie métallique d'un briquet refléta sous le faisceau lumineux de la lampe torche de Linda. Christian, avec toutes les précautions d'usage, se saisit de l'objet pour l'isoler, aux fins d'analyse ad-hoc dans un lieu stérile. Blanco jubila et congratula son adjointe, elle-même toute émoustillée.

Les deux flics ne s'étaient pas déplacés pour rien, ils avaient peut-être trouvé la fameuse aiguille dans la botte de foin. Non seulement ils avaient découvert cet objet, passé au travers des mailles du filet des policiers intervenants ; qui plus est, le briquet comportait une belle trace papillaire exploitable. Car, dixit Christian, au premier coup d'œil d'expert, elle comportait au moins treize points de comparaison. Suffisant pour que cet élément représente une preuve matérielle irréfutable dans l'enquête judiciaire. Remplis d'espoir, ils regagnèrent leur capitale nordiste, Christian se chargeant de les prévenir si l'empreinte parlait. Comprenant l'importance capitale de ce nouvel indice, l'ijiste les appela bien avant qu'ils n'arrivent à bon port. Malheureusement, le dessin papillaire, pourtant d'excellente facture, ne correspondait à aucun autre relevé enregistré dans le fichier national des empreintes digitales. Blanco préconisa qu'il la garde précieusement et, surtout, officieusement, pour un meilleur usage.

Après une petite nuit de sommeil à peine réparatrice, les deux coéquipiers prirent, très tôt, la route de Paris. Ils allaient œuvrer dans une autre dimension, conscients des risques encourus.

6- Enquête sous haute malveillance.

Ils ne se faisaient guère d'illusions quant aux réelles intentions de leur intégration dans l'équipe dédiée au démantèlement du réseau européen de pédophilie. D'ailleurs, l'accueil fut à l'image du froid polaire qui balayait les rues de Paris, ce mardi 11 décembre. Cette cellule était localisée dans un immeuble bourgeois du 13ème arrondissement de Paris, près du Château des Rentiers. Des mains molles, aux regards fuyants, en passant par des présentations forcées, bref, tous les ingrédients étaient réunis pour souhaiter clairement la mauvaise venue aux deux pièces rapportées.

Linda et Blanco envisagèrent deux hypothèses. Soit, les enquêteurs n'acceptaient pas qu'ils aient mis le nez dans leur affaire ; alors, il s'agirait juste d'un problème d'égo, assez fréquent dans l'institution police. Pour ce cas de figure, il suffirait de laisser passer l'orage, puis d'apporter une plus-value probante. Soit, plus gênant, leur immixtion perturbait le plan établi : faire semblant de traiter une affaire sans qu'elle n'aboutisse, uniquement pour donner l'impression à l'opinion publique de traiter à bras le corps ce fléau. C'était malheureusement, cette seconde option qui sembla tenir la corde, au grand dam de la capitaine.

Un quart d'heure après la mise en bouche de ce buffet froid, le juge d'instruction mandant fit son entrée dans la salle de réunion. La présentation de l'organisation fut très sommaire : « *Commandant, Capitaine, pour votre information, vous n'avez pas l'autorisation d'entrer en contact direct avec vos homologues néerlandais, belges, allemands, italiens et roumains, et vice-versa* ». En définitive, ils ne bénéficiaient d'aucune marge de manœuvre. Tout sera sous contrôle, aucun acte ne sera réalisé sans la validation du chef de groupe et du magistrat. En clair, comme le pressentaient les deux flics, c'était une manière déguisée de les neutraliser efficacement ; du moins en apparence, connaissant leur caractère en acier trempé. Avant que le rôle des huit notables et la disparition des deux petits Roumains furent évoqués, le juge d'instruction, sans sourciller, les interpella froidement.

---Commandant Blanco, Capitaine Linda, si vous n'avez pas d'autres questions ?

C'était une façon diplomate de les inviter à quitter la séance. De concert, Blanco et Linda quittèrent la pièce sans manifester le moindre signe émotionnel, à l'image de la froideur ambiante qui prédominait. Sitôt la porte refermée, Blanco accéléra sensiblement le pas. La mine réjouie et le menton bien haut, il s'adressa à Linda.

---On va profiter de leur première petite erreur pour faire nos courses. A nous de jouer, ma chère Capitaine.

---Quelle erreur ? J'ai raté quelque chose, Blanco ?

---Il ne nous a pas été demandé d'attendre à l'extérieur. Nous devons profiter de cette liberté provisoire, car le temps va nous être diablement compté. Ils vont bientôt nous occuper *h-24* sur des futilités. Il faut saisir l'occasion pour filocher le taulier de la P.J. de Paris. On ne répond plus au téléphone jusqu'à nouvel ordre. Ainsi, on ne sera pas en mesure d'exécuter notre première mission inutile.

Ils se rendirent immédiatement au *Bastion des Orfèvres* et n'attendirent pas longtemps pour voir le sieur Pantin quitter ses murs, à bord de sa Peugeot 607 noire. Il roula un bon quart d'heure, en direction du sud-ouest de

Paris, pour finalement se stationner devant le restaurant *La Rotonde de la Muette* dans le 16ème. Le duo de flics, posté discrètement de l'autre côté de la rue, fut abasourdi de l'y voir rejoindre le grand industriel de la Classe E et le commissaire-priseur, interpellés à Rueil-Malmaison. Les accolades appuyées et les rires évocateurs furent à la hauteur du service rendu.

A contrario du flegme du commandant, la capitaine hua son humeur.

----Regarde-moi cette bande de fumiers. C'est répugnant. Ils me donnent envie de vomir. Mais quelle honte !

Blanco resta impassible, plus concentré à filmer la scène à l'aide de son iPhone. Son sourire agrémenté d'un léger rictus en disait long sur sa satisfaction ternie d'un zest de rage. Ces salopards étaient tellement sûrs de leur fait, qu'ils ne prenaient aucune précaution, révélant ainsi leur sentiment d'impunité. C'était sans savoir que le duo de flics détenait ce nouvel élément à charge. Maintenant, le commissaire Pantin aurait plus de difficultés à justifier que ses vices de procédure n'étaient que le corollaire d'une malencontreuse maladresse. Cette preuve accablante risquait de peser lourd dans la balance. Inutile de rester plus longtemps sur les lieux, au risque de se faire repérer. Blanco en avertit immédiatement son taulier.

---C'est évidemment surprenant, mais il faut rester prudent et ne pas tirer de conclusion trop hâtive. Ce rendez-vous était peut-être professionnel, Blanco ?

---Mais tu me prends pour un lapin de six semaines, patron. Si je t'envoie l'accolade que je viens de filmer, tu comprendras mieux. Je me demande si ce n'est pas lui qui a fait baliser ma voiture. Ce qui voudrait dire qu'il pourrait être l'instigateur de la fusillade du parking.

---Quelle histoire de balise, Blanco ? Sérieusement, tu penses qu'un Commissaire Divisionnaire prendrait un tel risque ? Surtout à Lille ?

Blanco et Linda furent parcourus par un courant électrique. Le commandant fit signe à Linda de ne pas intervenir et abrégea l'appel. Le regard échangé entre les deux partenaires était sans équivoque. Pourquoi leur taulier supposait-il que la balise aurait été posée à Lille ? Serait-ce par déduction ? Si Blanco l'espéra, ce nouvel élément renforça le sentiment de Linda envers leur patron : « *je te dis depuis le début que son comportement est anormal, il craint quelque chose ou quelqu'un* ».

Maintenant, ils étaient également certains que le téléphone de Blanco avait été placé sur écoute, depuis la fameuse alerte fichier de la Mercedes classe E. Ce qui voulait dire que leurs détracteurs savaient que le commandant avait rencontré José Luis Enriquez à Lille. C'était sans doute pour cette raison que la puce insérée dans le portable de l'intéressé, par Linda, était devenue inerte. Et, plus grave, les adversaires venaient de prendre en direct l'information concernant la rencontre parlante de *La Rotonde de la Muette*. Blanco, qui avait l'art et la manière d'inverser les tendances, préférant le verre à moitié plein, tenta de rassurer sa coéquipière pour le moins circonspecte.

---Bah, on va essuyer l'attaque classique. Ils vont véroler mon téléphone pour rendre inutilisable la vidéo compromettante. Regarde, Linda, c'est déjà fait. Ensuite, ils vont nous claquer une enquête I.G.P.N. sur le dos. Fais-leur confiance, ils peuvent être créatifs quand ils le veulent. Enfin, on nous demandera obligeamment de rentrer chez nous pour préparer notre défense à Lille.

---J'hallucine. Pourtant, tu m'as toujours prévenue de ces méthodes mafieuses. Et les pauvres gosses, alors ?

---On s'occupera des petits, après avoir sauvé nos propres miches. Ça devrait aller assez vite.

---Peut-être, mais il ne nous reste plus qu'un seul élément à notre avantage, l'empreinte sur le briquet retrouvé à proximité de la Classe E incendiée.

---Je n'ai pas oublié, Linda. Mais, tu te souviens que l'ijiste de Fourmies, Christian, m'a appelé sur mon portable pro pour me communiquer l'information ? Ce qui veut dire, ma chère Linda, qu'ils ont certainement déjà fait main basse sur cette preuve matérielle.

---Merde ! Je n'y crois pas ! Quelles crevures !

---T'inquiète, Christian a du vécu, lui aussi. Il est assez finaud pour avoir planqué une copie. Sûr qu'il ne m'appellera pas pour me prévenir, cette fois-ci.

Du moins, le commandant le souhaita. Ils se rendirent à l'hôtel pour se rafraîchir et dinèrent sur place. Après un long silence, Linda l'interpella.

---Il reste deux sérieux problèmes, Blanco.

---Je sais à quoi tu penses. Ne t'inquiète pas pour le premier. Les échanges téléphoniques avec la République dominicaine ont été passés au moyen d'un téléphone à carte que j'utilise pour certaines enquêtes, avant de le détruire lorsque l'affaire est pliée. Sinon, Philippe et moi, serions en très mauvaise posture. Pour le second, c'est plus gênant. Je pense aussi qu'il y a une complicité chez nous, à Lille, car le taulier de Paris n'a pas pu y poser cette balise sur ma 308. Alors, quid du rôle de notre patron ?

Cette question demeura sans réponse. Le commandant raccompagna la capitaine, dubitative, devant la porte de sa chambre, fit semblant de rejoindre la sienne et prit immédiatement la route pour rejoindre son ami Gilou, connu pour ses prouesses technologiques. Son ex-adjoint de Guyane parvint à récupérer la vidéo compromettante des trois lascars, sur le portable bloqué. Il remit une copie à Blanco sur une clé USB cryptée et garda précieusement l'autre. Le commandant Blanco savait que cet élément ne pourrait sans doute pas lui servir de preuve dans l'instruction en cours. Pour autant, il l'utiliserait sûrement comme monnaie d'échange avec l'I.G.P.N., pour aboutir rapidement à un classement « vertical » du vraisemblable montage d'affaire à venir.

Après une nuit agitée, Linda et Blanco, une dose de caféine ingurgitée, prirent la direction du 13ème pour rejoindre leur nouveau camp de base. Mais, chemin faisant, Linda reçut l'ordre téléphonique de rentrer, *illico presto*, à Lille. La voix grave, leur taulier les informait qu'ils faisaient l'objet d'une enquête de l'antenne I.G.P.N. lilloise, au sujet d'un trafic de stups. Ce qui, à la grande surprise de la capitaine, déclencha un rire à gorge déployée de son acolyte. Linda l'avisa plutôt sèchement.

---Et toi ça te fait rire ! T'es un malade, Blanco !

---Mieux vaut en rire que de se mettre une balle dans la tête. Es-tu impliquée dans un trafic de stups ? Non, alors t'as rien à craindre. Ça se terminera en eau de boudin, comme d'habitude. C'est juste le seul moyen que l'appareil politique ait trouvé pour nous mettre hors d'état de nuire à ces messieurs-dames de la haute.

À peine trois heures plus tard, les deux flics lillois étaient de retour dans leur paroisse, où le patron leur fit la grande messe. Il avait une confiance aveugle envers son duo de choc et savait que Blanco était un flic propre. Il n'était pas dupe, il s'agissait d'une nouvelle tentative de pression pour qu'ils lâchent l'affaire. Linda qui commençait, elle aussi, à prendre de la bouteille, venait d'emmagasiner l'équivalent de dix ans de carrière, en ces quelques jours pour le moins tumultueux.

Dans l'après-midi, sans surprise, les *bœufs-carotte* balançaient la sauce. Leur antenne lilloise avait été saisie d'une information signée du fameux commissaire divisionnaire de la P.J. de Paris. Pantin dénonçait que la fusillade du parking aérien relevait sans doute d'une transaction de stups avortée, mettant en cause une équipe de narcotrafiquants à bord d'un Porsche Cayenne, que le commandant Blanco avait prétexté suivre, depuis la métropole lilloise jusque dans les rues de Paris. Bien entendu, l'I.G.P.N. n'avait pu être destinataire de la vidéo de la fusillade, en raison d'un incident technique rendant illisible l'enregistrement. Les deux flics étaient entendus séparément, sans qu'ils fassent l'objet d'une mesure de garde à vue. Le commandant était certes joueur, mais il ne fallait pas trop pousser la plaisanterie avec lui. Les enquêteurs de l'I.G.P.N. le savaient.

Déjà à cran, la capitaine verbalisa si fort son agacement, qu'elle fit trembler les murs du bâtiment et siffler les oreilles de ses occupants. Blanco qui l'entendit vociférer, esquissa un léger sourire, avant de tuer cette enquête dans l'œuf, sans même laisser le temps à l'enquêteur d'inscrire l'incipit du procès-verbal d'audition. Lorsqu'il évoqua la possession d'une vidéo, compromettant la probité du commissaire divisionnaire délateur, un grand silence s'installa dans le bureau. L'assistant du rédacteur en sortit, pour y réapparaître un quart d'heure plus tard. L'air embarrassé, il questionna le commandant, qui afficha un sourire narquois.

---Tu as l'intention de t'en servir, Blanco ?

---Je n'avais en tête qu'une seule utilisation. C'est à vous de décider si je diffuse ou pas.

---Ce ne serait pas raisonnable, tu le sais bien.

---Je vous remets la clé et vous mettez un terme, *illico presto*, à cette enquête de merde. Suis-je assez clair ?

---Tu sais que nous ne sommes que des exécutants. On obéit aux ordres d'en haut.

---Ce n'est pas une excuse. Vous devriez vous souvenir des raisons pour lesquelles vous êtes entrés dans la boîte. Vous avez totalement dérivé, les gars. Je vous conseille de reprendre le bon cap. J'ai assez perdu de temps. Salut !

Blanco les fustigea du regard, avant de claquer sèchement la porte. Si, parfois, il pouvait faire preuve de tolérance, en revanche, il n'acceptait pas que des policiers se conduisent comme des larves. C'était insupportable pour un flic comme lui. S'ils étaient devenus les outils de l'appareil politique, ils en endossaient une grande part de responsabilité. Leur convoitise de carrière avait pris le pas sur leur conviction. Comme la plupart d'entre eux, ils confondaient « *être au service de* » et « *se servir* ». Les concitoyens méritaient mieux pour assurer leur sécurité tant malmenée. Le commandant fit irruption dans le bureau d'audition où se trouvait Linda. Il se planta fermement devant le rédacteur de l'I.G.P.N. et, sans le quitter des yeux, s'adressa autoritairement à lui.

---Son audition est terminée. Elle vient avec moi.

---Mais…

Blanco, le regard noir, lui coupa la parole en le pointant de son index.

---Il n'y a pas de mais ! Je te dis qu'elle vient avec moi. Ton affaire de merde va tout droit au parquet de « corbeille ». Va voir tes moutons de collègues. Les instructions d'hier ne sont plus celles d'aujourd'hui.

Étonnée, Linda suivit son acolyte qui prenait la direction du bureau de leur taulier. Il en ouvrit fougueusement la porte, alors qu'il était au téléphone.

---C'est quoi ce merdier ? Tu acceptes qu'on nous entende dans nos propres murs ? Tu aurais pu nous éviter cette mesure vexatoire devant nos collègues. J'irai jusqu'au bout de cette enquête, tu m'entends ? Tu peux prévenir toute la smala, je n'en ai rien à foutre ! Crois-moi, j'aurai la peau de ces salopards !

---Du calme, Blanco. Je n'y suis pour rien. J'ai…

---Personne n'y est jamais pour rien dans cette boîte ! Tu es devenu un pantin, comme les autres ? J'y crois pas !

---Je ne fais que suivre les ordres. C'est facile pour toi…

---Arrête avec ça ! C'est toujours facile pour moi, à vous entendre. La différence entre vous et moi, c'est que je ne me préoccupe que de la sécurité de nos concitoyens. Vous ne pensez qu'à vos gueules ! Il est grand temps que tu tires ta révérence. Tu t'en rends compte, j'espère ?

---Tu parles sous l'effet de la colère. Calme-toi. Comment se fait-il que les auditions soient déjà terminées ?

---Ah, c'est ça qui te préoccupe, les auditions ! Et que fais-tu de ces pauvres enfants ? Tu me donnes envie de vomir ! Viens avec moi, Linda, on s'casse ! J'en ai ma claque !

Le taulier, qui ne put prononcer le moindre mot, resta scotché sur son séant, le combiné de son téléphone fixe à la main. Peu importe si son interlocuteur avait entendu le sermon. Il s'était littéralement enfoncé dans son confortable fauteuil au cuir vieilli. Il garda le regard bien bas, conscient que le commandant Blanco visait juste, et préféra anticiper sur les préconisations de la direction centrale. Dès que les deux flics quittèrent son bureau, il commença la rédaction d'un rapport pour faire valoir ses droits à la retraite. Il devait partir tant qu'il en était encore temps, pour ne pas brouiller sa carte à la mairie de Lille.

Linda tenta en vain de calmer son commandant qui ne prononça pas un seul mot, jusqu'à ce qu'il se cale sur un tabouret, les deux coudes appuyés sur le bat-flanc du bar de *la Capsule*. Il ordonna sans égard.

---Deux binouzes, Jeff !

Le barman, peu habitué à ce que Blanco lui commande de la bière au beau milieu d'après-midi, et surtout, qu'il s'adresse à lui sur ce ton, lui servit les deux pintes sans broncher. Linda, embarrassée, s'excusa auprès du serveur, sous le prétexte d'une sale journée, puis s'esclaffa à son tour.

---Ils n'ont pas honte, Blanco. Au fait, comment as-tu mis un terme aux auditions ? J'ai encore loupé un épisode ?

---Hier soir, je ne suis pas rentré directement dans ma chambre. Je me suis rendu chez Gilou, qui, malgré le blocage de mon téléphone, a réussi à en extraire la fameuse vidéo de *la Rotonde de la Muette*. J'ai juste proposé aux *bœufs* cette monnaie d'échange contre l'arrêt immédiat de leur enquête. Cette transaction n'a pris que quinze minutes, avant que les hautes sphères parisiennes ordonnent de clôturer cette pseudo affaire. Je sais que j'aurais pu t'en parler ce matin, mais je voulais que tu leur rentres un peu dans le lard, toi aussi. D'ailleurs, tout l'immeuble a apprécié que tu leur parles ainsi du pays.

En attendant, Blanco et Linda posèrent un congé d'un mois pour, soi-disant, se mettre au vert. Sous-entendu, qu'ils mettraient tout en œuvre pour, *a minima*, retrouver le jeune pseudo Pedro Enriquez et les deux petits Roumains de Rueil-Malmaison

Pendant ce temps, dans les caraïbes, Salina et ses deux enfants arrivèrent à bon port dans la somptueuse villa d'Harry à Sint-Maarten. Blanco en eut discrètement confirmation par André Junior, dit *Juju*, le frère de son ami, en se rendant dans son petit château à Lamorlaye, dans l'Oise. Salina était partagée entre la joie indescriptible d'avoir récupéré son fils et l'inquiétude face à la dramatique tournure des évènements.

Rassurés de cette mise en sécurité, les deux flics partirent, plus légers, se réfugier à Assevent, entre Maubeuge et Boussois, chez la maman de Blanco. Loin du tumulte et du *marquage policier*, ils pourraient y dresser plus sereinement leur plan de bataille.

Mais par quel bout commencer pour retrouver le petit Pedro ? Ils étaient *persona non grata* à Lille, Paris, Hirson, Marcinelle et la piste de José Luis Enriquez n'était plus exploitable, puisqu'overdosé. Une fois de plus, leur assistant universel, *Google*, attira tout particulièrement leur attention. Marcinelle (Belgique) était jumelée avec les villes d'Hirson (France), de Schramberg (Allemagne) et de Manopello (Italie). Ce quadri-mariage représentait peut-être tout ou partie de la cartographie du réseau pédophile. Le choix de Manopello sembla une évidence. D'une part, en raison de la présence de la voiture du Vatican, dans laquelle était monté un garçon correspondant au signalement du petit Pedro, lors de la deuxième planque à Marcinelle ; d'autre part, du fait que, dans l'avion, Enriquez interrogeait l'enfant en italien. Enfin, lors du rendez-vous à *La Capsule* dans le Vieux-Lille, José-Luis avait déclaré que le *reztavek* était destiné à une famille italienne. Pour la petite histoire, le village de la province de Pescara, sur la côte Est de la botte, à l'opposé de Rome, était lié à Marcinelle par la catastrophe minière du *Bois du Cazier*. Vingt-deux hommes de Manopello y trouvèrent la mort, le 8 août 1956.

Le duo, après une relative bonne nuit de sommeil, décampa le lendemain, à la première heure. Quelque peu éreintés par les derniers évènements, ils firent escale à Villefranche-sur-Mer, chez le fils de Blanco, Adam. L'ambiance saine de la soirée, leur fit le plus grand bien. Blanco put profiter de ses deux petits-fils, Nathane et Raphaël. La motivation de Linda et « Papy Blanco » se décupla, lorsqu'ils virent les jumeaux s'endormir dans la plus totale insouciance. Innocence à laquelle tous les enfants devraient jouir.

Partis très tôt, le lendemain matin, ils arrivèrent à destination de Manopello, ce vendredi 14, en début de soirée, pour investir l'hôtel *Mamma Rosa*. Officiellement, il s'agissait d'un couple en villégiature. Après un copieux petit-déjeuner, ils firent un tour au petit marché artisanal du samedi matin. À leur grande surprise, les habitants parlaient français avec un étonnant accent italo-belge. Beaucoup d'entre eux avaient travaillé dans les mines de Marcinelle, même après la catastrophe. Ceci devait expliquer, en partie, le jumelage entre ces deux communes. Pour un village italien, Linda et Blanco s'étonnèrent que les langues se délient aussi facilement. Était-ce un signe ? Le destin allait-il leur être enfin favorable ? Ils ne s'emballèrent pas. Restait, maintenant, à poser les questions sans trop attirer l'attention.

C'était peut-être du côté de l'église qu'il fallait chercher, à cause du fameux véhicule du Vatican. Autant dire qu'ils s'aventuraient en terrain inconnu. Non pratiquante, Linda gardait quelques restes de l'éducation religieuse musulmane de ses parents. Pire, Blanco, pourtant communié, était devenu complètement athée, au fil des ans. Bref, comme le disait souvent le commandant : « *il y aura bien un signe du destin pour nous guider* ». La solution viendrait vraisemblablement d'une singularité qui sortirait de la quiétude apparente des riverains. La première journée de pseudo flânerie leur permit de s'imprégner de la vie ambiante du quartier : petit café italien en terrasse, restos aux généreuses spécialités du pays, balades dans les ruelles les plus retirées du village. Malgré les échanges ouverts avec des villageois aussi sympathiques que leurs lointains cousins belges, nul détail ne se distingua du décor. L'heure était déjà venue d'aller se coucher. Une fois de plus, ils tinrent leur promesse d'abstinence.

Le dimanche matin, jour de messe, savourant un riche petit-déjeuner, oubliant presque leur mission, tant ils jouaient le rôle conjugal à la perfection, ils entendirent retentir la cloche de la très belle église de *Volto Santo,* connue pour abriter le sacré *voile de Manopello,* sur lequel le visage de Jésus-Christ serait imprimé sur un byssus. La légende dit que cette étoffe aurait été placée sur la face ensanglantée du martyr, dont l'image serait apparue à la suite de phénomènes paranormaux. *A contrario,* d'autres soutenaient la thèse d'une œuvre picturale du XVIème siècle. Soit, de quoi alimenter le débat pour plusieurs siècles encore. C'était par le biais de ce morceau de tissu que les deux officiers français allaient justifier de leur présence sur le parvis de cette paroisse, pour observer les fidèles, ainsi que le prêtre et ses acolytes, qui prêchaient la bonne parole. Mais, aucune anomalie n'attira leur attention. Ils y virent la plupart des gens du village, qu'ils avaient eu l'occasion de croiser depuis leur arrivée.

Peut-être était-ce le moment propice pour trouver une brebis égarée dans les ruelles désertées ? Et le miracle se produisit. Blanco aperçut une vielle dame sans âge, assise au bord d'une fontaine. Tout de noir vêtue, d'apparence austère, son regard se perdait dans le fil d'eau jaillissant de la roche. C'était la première fois qu'il la voyait. Contrairement aux autres paroissiens, elle ne répondit pas à son approche verbale. Aucun trait de son visage n'oscilla d'un iota. Ce n'est que lorsque Linda lui posa la main sur la sienne, qu'elle releva lentement le menton, sans pour autant la regarder. Après un moment de réflexion, elle prit la parole en français, elle aussi.

---Vous n'êtes pas à l'église, comme les autres ouailles ? Vous avez bien raison ma petite. Ils ont certainement des raisons de se donner bonne conscience, eux.

Blanco resta à distance raisonnable de la vielle dame pour ne pas interrompre sa confession. Linda l'invita, religieusement, à poursuivre son propos, d'un geste approprié d'inclinaison de tête. La vieille dame poursuivit, le regard toujours plongé dans le filet d'eau.

---Il se passe des choses pas très catholiques, ici, ma petite. Les messes basses sont courantes. Je ne sors que lorsque ces diables sont à l'église, le dimanche matin.

---Mais qui donc ? Et pour quelle raison ?

Le regard entre Linda et Blanco se suffit à lui-même. Ils venaient sans doute de trouver l'élément disparate du tableau du village. La vieille dame continua.

---Il y a des rumeurs sur des petits enfants qui passeraient par là. Ils ne sont pas d'ici et ne parlent pas notre langue.

---Vous savez où ils se trouvent ? Sont-ils en danger ?

---Je ne sais pas. J'ai juste aperçu, deux ou trois fois, une grosse voiture du Vatican, aux vitres teintées, traverser le village pour se rendre chez ce salopard de maire.

Elle s'interrompit à la vue des premières grappes de fidèles qui sortaient de l'église, sous le retentissement assourdissant de la cloche. Telle une apparition, la vieille femme disparut avec une agilité déconcertante. Les deux flics venaient, peut-être, de trouver une piste. Parlait-elle de la fameuse voiture du Vatican de Marcinelle ? Forts de ces nouvelles informations, ils s'attachèrent immédiatement à surveiller le domicile de l'élu. Lequel habitait une grande propriété à la sortie du village où, après la messe, avait lieu le rituel repas dominical. Linda et Blanco se positionnèrent sur le flanc d'une colline boisée, pour observer l'habitation en contre-bas. Cette vaine surveillance et la température glaciale ne les encouragèrent pas à rester trop longtemps sur les lieux.

Ils décidèrent de planquer au-delà du hameau, dans l'espoir d'un éventuel mouvement du surveillé. Bien leur en prit car, vers 18 heures, il passa à leur proximité, à bord de sa flambante Alfa Roméo rouge. En raison de l'absence de circulation, Linda prit l'Italienne en marquage policier, à une distance suffisante pour ne pas se faire repérer. Heureusement, la route sinueuse permettait de garder un virage entre les deux voitures. Le maire de Manopello roula sur cet axe montagneux pendant un bon quart d'heure. Puis, il se stationna dans la cour d'un corps de ferme et pénétra sans frapper dans l'habitation. Linda et Blanco dissimulèrent la Mini Cooper S en amont de l'itinéraire et se tinrent à un poste d'observation dominant idéalement le site. Cinq minutes plus tard, l'élu sortit de la maison, en compagnie d'un homme dont l'allure similaire laissa entrevoir un lien de sang. Dans la discussion, le regard des deux hommes se dirigea vers une sorte d'étable, contiguë à la partie habitée. L'interlocuteur du maire pointa son index en direction du local suspect. Les deux flics imaginèrent aussitôt que le jeune Pedro pouvait très bien s'y trouver. Un frisson parcourut la totalité du corps de Linda. Blanco n'afficha qu'un froncement de sourcil, en remarquant la présence d'une chaîne d'acier fermée par un solide cadenas, qui interdisait l'ouverture de la lourde porte de cette potentielle geôle. Le maire repartit comme il était venu, tandis que son familier rentra chez lui. Les yeux étincelants, Blanco et Linda établirent un plan d'action.

---Il est trop tôt pour intervenir. Rien ne nous dit que le petit Pedro soit séquestré dans cette pièce. Si c'est le cas, le gars va sans doute lui apporter à boire et à manger. J'ai l'impression qu'il vit seul. Dans l'hypothèse, nous attendrons qu'il déverrouille le cadenas pour entrer dans cette sorte d'étable. Là, on sera véritablement fixés.

---Et si le gamin ne s'y trouvait pas, on pourra toujours dire qu'on s'est arrêtés pour demander un renseignement. J'ai un bon pressentiment sur ce coup, Blanco.

---Moi aussi, Linda. Et par chance, il n'y pas de chien.

Le plan était d'une simplicité enfantine. Personne aux alentours, un homme apparemment seul dans cette grande habitation, une pièce à vue, dans laquelle se trouvait peut-être le petit garçon, et deux flics aguerris qui bénéficiaient d'un avantage considérable sur leur adversaire. Un petit zest de patience et le tour serait joué.

Une heure plus tard, s'étant sensiblement rapprochés de l'objectif, ils aperçurent l'occupant sortir de la maison et s'arrêter devant la porte de l'étable. Il posa délicatement au sol, ce qui sembla être un bol de soupe chaude, vu les petits nuages de fumée qui se dispersaient dans l'air glacial. Il sortit de sa poche un trousseau de clés pour ouvrir le cadenas verrouillant l'imposante porte en bois. L'opération terminée, il pénétra dans la pièce en refermant derrière lui. Sans perdre une seconde, les deux flics accoururent et se positionnèrent de chaque côté de l'accès. Ils entendirent la voix d'un enfant qui semblait protester, tandis que le quinquagénaire tentait de le calmer. Cette fois, le binôme était quasi sûr qu'il s'agissait du petit *reztavek*.

L'heure n'était pas à l'euphorie, mais plutôt à la concentration maximale. Deux possibilités s'offraient à eux. Soit, ils investissaient, *illico presto,* les lieux ; soit, ils attendaient que cet homme en ressorte. Linda comprit que Blanco avait opté pour la seconde option, car il aurait déjà engagé l'action. C'est le choix qu'elle aussi aurait privilégié pour sauvegarder l'intégrité physique de l'enfant. L'habituel lever d'index de Blanco était en attente du top départ. La tension était à son comble. Le visage des deux flics indiquait une détermination absolue. L'action était imminente.

Dès l'ouverture de la porte, Blanco accompagna la sortie du geôlier en lui saisissant le poignet, le retournera d'une clé de bras imparable et le menotta au sol, sans qu'il ne pût esquisser la moindre résistance. Linda le braquait dissuasivement. Le petit Pedro entendit ce vacarme provenant de l'extérieur, sans vraiment savoir ce qu'il s'y passait, il se mit à prier pour qu'on le libère de son calvaire. Lorsqu'il investit les lieux, le commandant reconnut immédiatement le jeune garçon de l'avion, le pseudo Pedro Enriquez qui, sous l'effet de surprise, garda les yeux grands ouverts et la bouche béante, de laquelle s'écoula un filet de soupe.

Le gamin, encore plus amaigri, n'esquissa un semblant de sourire que lorsqu'il comprit qu'il s'agissait de policiers français. L'on perçut distinctement le relâchement de ses frêles épaules accompagner une lente expiration de soulagement. Linda se saisit immédiatement du trousseau de clés du receleur, pour libérer le minot. Il fut pris de sanglots saccadés et l'enserra très fortement autour de la taille. Linda ne put échapper au transfert d'avec son fils du même âge. Une larme parcourra subrepticement sa joue. Le petit était terrorisé, affamé et engourdi de froid. Il portait les mêmes vêtements, trop légers, que lors de son départ à l'aéroport de *Las Americas*. La capitaine sentit ses petits doigts gelés à travers sa veste qu'il empoignait. Les salopards lui avaient laissé évacuer ses besoins naturels à même le matelas crasseux, et inutile de parler de la toilette. L'endroit puait les excréments et la forte odeur d'ammoniaque de l'urine.

Ce macabre tableau fit monter soudainement la colère en Blanco, heureusement quelque peu atténuée par la satisfaction d'avoir retrouvé le petit. Les yeux brillants autant de joie que de haine, le commandant installa l'italien sur la paillasse souillée et l'enchaîna à son tour, sans ménagement. Pendant que Linda, accompagnée de la jeune victime, fila récupérer sa Mini-Cooper S, Blanco procéda à un rapide interrogatoire du néo-prisonnier. Par chance, comme les autres habitants de Manopello, il parlait français, avec ce même accent italo-belge.

---Je serai bref ! Que fait cet enfant, chez toi ?

L'italien fit mine de ne pas vouloir répondre. Mais un atémi, asséné très précisément au niveau du plexus solaire, le dissuada de jouer au plus malin.

---Mon frère m'a demandé de garder ce petit garçon pendant quelques jours. Je devais lui servir un peu de soupe et de l'eau. Jusqu'à ce que le prêtre, qui l'a amené ici, lui trouve une famille d'accueil. Je vous jure sur la tête de ma mère que je ne lui ai fait aucun mal, Monsieur.

---C'est ça, ne faire aucun mal ? Tu plaisantes ? Un petit garçon enchaîné au mur, dans sa merde et sa pisse, sur une paillasse pourrie, un bol de soupe et un peu d'eau ? C'est ça, ne lui faire aucun mal ? Tu te fous de ma gueule, espèce d'abruti ? On ne traiterait pas une bête ainsi !

---J'suis désolé, Monsieur, j'obéis aux ordres de mon aîné. Que Dieu pardonne mes péchés.

C'était la phrase à ne pas prononcer. Fou de rage, Blanco lui asséna un nouveau coup de poing au plexus.

---Tiens, mon salaud, c'est de la part de ton Dieu ! Il me pardonnera sans doute ! Mais quelles sont ces croyances qui vous permettent tout ? C'est trop facile !

Linda entra précipitamment dans la pièce et s'intercala entre le commandant et le pitoyable italien.

---Laisse tomber, Blanco ! On a le petit, c'est le principal. Et, il ne faut pas qu'on traîne ici. Allez, on lève le camp !

Après un instant d'hésitation, la sagesse l'emporta sur l'envie. S'assurant de serrer les liens plus fortement qu'il l'eut fallu, après lui avoir jeté un dernier regard glacial, Blanco sortit de l'ancienne étable en prenant soin d'en verrouiller la porte. Il jeta les clés du cadenas, loin en contrebas de la maison. Dans la nuit noire qui s'était déjà abattue sur la colline, Linda démarra en trombe pour prendre la direction du nord de l'Italie. L'enfant, dans un état déplorable, traumatisé et affamé, s'allongea sur la banquette arrière de la Mini. Le duo ne prit pas le risque de récupérer leurs effets personnels à l'hôtel.

Bien que touchés par cette nouvelle scène lugubre, les deux flics savouraient fièrement l'instant. D'autant qu'ils étaient venus, plus ou moins à l'aveuglette, dans ce village jumelé avec Marcinelle, dans l'unique espoir de le retrouver. Cette ambition, qui semblait présomptueuse, quelques jours auparavant, se concrétisait. Les regards entre les deux coéquipiers en disaient long sur leur degré de satisfaction. Linda s'arrêta au bout d'une heure de conduite effrénée, afin d'acheter quelques victuailles et des lingettes pour le petit *reztavek*. Il dévora les deux énormes sandwichs et but, d'un seul trait, le litre de *Yop* framboise. Exténué, il se rendormit profondément. Quasiment en état de choc, il n'avait prononcé aucun mot depuis sa libération. Plusieurs heures plus tard, les deux flics passèrent, sans encombre, la frontière à Menton, aidés en cela par la présentation des cartes professionnelles, et firent de nouveau escale, en début de nuit, chez Adam, à Villefranche/Mer.

Leur sommeil fut entrecoupé par des cris de panique de l'enfant, se réveillant en sursaut, désorienté par cette terrifiante épreuve. Grâce à l'instinct maternel, Linda réussissait à chaque fois à l'apaiser. Au petit matin, devant un copieux petit-déjeuner, seule Linda put le questionner, car il semblait réfractaire à Blanco. Il répondit dans un français à l'accent créole haïtien.

---*Je m'appelle Jude, j'ai neuf ans, je suis né à Port-au-Prince en Haïti. Je vivais avec mes sept sœurs et frères, dans le bidonville cité soleil. Il y a un an, ma mère m'a donné à Monsieur Enriquez. Il lui a dit que je devais aller chez des riches en Europe. Elle a cru que ce serait bien pour moi. Je n'avais pas trop le choix et je savais qu'il y aurait une bouche en moins à nourrir. Nous sommes très pauvres et on n'a pas à manger.*

---Ce Monsieur Enriquez lui a donné de l'argent ?

---Non, il m'a eu gratuit. Il a dit que c'était bien pour moi et ma famille. J'ai pleuré, mais j'ai été obligé d'aller avec lui. J'ai pas pu dire au revoir aux autres. Il m'a emmené dans une famille en République dominicaine. Au début, je pleurais toujours. Chez moi je mangeais peu, des fois un peu de farine mélangée à de la terre, et nous dormions tous sur un carton, mais j'étais quand même avec eux. C'est dur de partir comme ça. Mais le Monsieur m'a dit qu'il avait eu la même chose quand il était petit comme moi. Il a dit qu'il était heureux et sa famille aussi. Alors j'ai arrêté de pleurer.

---Jude, que faisais-tu dans cette famille dominicaine ?

---On m'a appris l'espagnol et l'italien. On m'a dit que je devais aller en Italie. Je savais pas c'était où. Je croyais que c'était à côté. Je devais beaucoup travailler dans la maison pour gagner mon manger. Si je sortais, j''étais puni et attaché, on devait pas me voir. Le Monsieur et la Madame étaient méchants. Un jour, Monsieur Enriquez est venu me chercher et nous avons pris l'avion. Je devais dire que c'était mon père et que j'allais voir ma mère, Carolina, en Espagne. Il m'avait donné un passeport belge, je devais dire que j'étais Pedro Enriquez. À Paris, on a pris deux voitures pour aller en Belgique. C'est ce qu'on m'a dit. On m'a mis un casque avec de la musique sur mes oreilles pour pas entendre ce que Monsieur Enriquez et l'autre Monsieur disaient. On m'a mis dans une grande maison et attaché dans une chambre toute noire. Je pleurais beaucoup. Mais j'avais beaucoup à manger et j'étais sur un lit avec des doux tissus. Après, on m'a conduit dans la maison où vous m'avez trouvé. Merci beaucoup Madame. Vous m'avez sauvé. Je vais voir ma famille quand ?

---Je ne sais pas encore, Jude, il va falloir qu'on les retrouve en Haïti. Quel est ton nom de famille ?

---*Jude, Madame. J'ai pas d'autre nom que Jude.*

---Est-ce que quelqu'un t'a fait du mal, mon petit ?

Il baissa les yeux et fit non de la tête, en pleurant. Mieux valait lui reposer la question plus tard. Son récit était consternant. C'est dire la souffrance que devaient endurer ses enfants survivants dans la misère des bidonvilles haïtiens. Le regard vide, les traits marqués et la rudesse de la pauvreté lui donnaient bien plus que son âge. Il ne se comportait pas comme un enfant normal. Il faisait peine à voir ce pauvre petit. D'autant que son nouveau statut de *Reztavek* avait aggravé son malheur.

Ces esclaves modernes étaient cédés gratuitement par leurs parents, abusés par ces trafiquants d'enfants. Il demeurait incompréhensible que José Luis Enriquez ait pu reproduire le même mal, dont lui et sa jumelle avaient été victimes. Quelle raison avait bien pu l'animer ? Finalement, il payait cash sa mauvaise action. Preuve qu'il n'y avait pas d'issue favorable pour ces miséreuses âmes perdues. Devant ce spectacle accablant, les deux flics avaient peine à parler. Ils se sentaient impuissants face à cette misère et à une telle atrocité. Puis, vint une question essentielle. Que faire du petit Jude ? Adam y répondit, sans aucune hésitation.

---On va le garder en sécurité, ici, *Padré*. Le temps que vous éclaircissiez cette affaire. C'est le moins que l'on puisse faire pour lui et pour vous. Je vais tâcher d'en savoir davantage, lorsqu'il sera un peu plus en confiance. Poursuivez votre mission, ne lâchez rien, comme d'habitude. On se tient au jus. Faites attention à vous deux !

7– Têtes coupées.

Aussitôt, le duo prit la route du nord de la France, plutôt rassuré que Jude reste sous la protection d'Adam. Ils profitèrent des onze heures de trajet pour refaire le point. Jude était donc l'un de ses nombreux *Reztavek* destinés aux familles riches européennes. L'un des pions essentiels de ce trafic d'esclavage moderne, José Luis Enriquez, avait été « overdosé » par les cerveaux de ce réseau pédophile. Son implication interpellait encore les deux coéquipiers. Pourquoi cet homme avait-il reproduit les mêmes horreurs ? À l'évidence, un élément essentiel leur échappait. Les huit pourritures de Rueil-Malmaison, qui avaient bénéficié du vice de procédure, ne pouvaient être étrangers à cette exécution masquée. Quid de la pose de la balise se soldant par la fusillade de la 308 ? Que dire d'une vraisemblable complicité lilloise ? Quelle était véritablement la position de leur taulier dans ce dossier ? Quel était le degré d'engagement du Vatican dans ce réseau tentaculaire de pédophilie ? Comment les deux flics allaient-ils remettre la main sur les deux petits Roumains volatilisés ? Bref, c'était une immense tâche qui incombait à Linda et Blanco, sans compter qu'ils s'étaient également mis à dos les institutions régaliennes.

Arrivés tardivement dans l'agglomération lilloise, complètement vidés, ils regagnèrent leur domicile respectif. Blanco, qui appela son taulier, ne fut pas épargné par une dernière nouvelle, dont il se serait bien passé. Les baveux des huit salopards avaient élaboré leur stratégie de défense, en évoquant une duperie du sieur Enriquez. Leurs clients auraient, en définitive, été abusés par cette proposition de tournage de scène, au profit de la lutte contre les prédateurs pédophiles. C'était finement joué. José Luis Enriquez à jamais muet, les deux garçons des Carpates disparus, la vidéo inexploitable, qui pourrait prétendre le contraire, à part les deux flics qui n'étaient pas en odeur de sainteté auprès des hautes instances ? Linda en avait eu largement pour son compte, il sera bien temps de lui annoncer ce nouvel élément répulsif, demain matin.

Elle le rejoignait vers 10 heures, le visage portant encore les stigmates de ces derniers jours éprouvants. Blanco appela son ami Harry au moyen d'une carte muette. Il lui passa Salina qui ne put contenir ses larmes.

---Nous avons retrouvé le petit *reztavek,* en Italie. Je redoute qu'il ait subi des abus sexuels, car il ne supportait pas mon contact, *a contrario* de ma coéquipière. Nous avons essuyé quelques déconvenues depuis le début de l'affaire. Mais, crois-moi, nous allons la mener au bout. J'en fais la promesse, quoiqu'il advienne. Et toi ?

---Je suis contente de t'entendre et surtout de savoir que tu as récupéré l'enfant. Ton ami Harry est adorable, il s'occupe bien de nous. Mon petit garçon est encore très perturbé, mais son état s'améliore de jour en jour. Je sais que tu as beaucoup de boulot, mais rappelle-moi dès que possible. Fais attention à toi et à ta coéquipière.

Tels deux boxeurs, le corps endolori au lendemain d'un combat, les deux flics prirent un café serré avant d'établir la nouvelle stratégie. L'insatiable Blanco redoubla de détermination. C'est dans la difficulté qu'il excellait.

---Il n'y aura pas de *remake* des affaires *Dutroux* et d'*Outreau,* les notables ne s'en sortiront pas indemnes, cette fois-ci. Je t'en fais la promesse, Linda. Nous devons mettre en place deux angles d'attaque. Le nôtre et celui d'un pote journaliste indépendant d'investigation, car sans médiatisation, notre effort sera peine perdue.

Au moment où Linda voulut prendre la parole, la sonnette retentit. C'était leur taulier qui pointait le bout de son nez. Bizarre, lui qui n'avait jamais mis les pieds chez le commandant, malgré toutes ces années de collaboration. Elle s'esquiva dans la chambre pour ne pas qu'il la sache ici. A peine dans le salon, que leur patron ne tarda pas à ouvrir le bal.

---Alors, Blanco, tu deviens quoi ? Et la Capitaine Linda ?

---Je ronge mon frein. Que veux-tu que je fasse d'autre ? Si tu as une autre solution à proposer, je suis preneur. Quant à Linda, tu n'as qu'à lui demander toi-même. Elle doit certainement essayer de digérer l'affront de l'I.G.P.N., tu ne penses-pas ?

---Oui, sans doute, je comprends votre colère. Je suis désolé pour l'affaire des *bœufs* dans nos murs. Je pense qu'on a voulu vous asséner un sale coup au moral. Vous avez quand même l'intention de poursuivre l'enquête ?

---Pas vraiment. Le pot de terre ne résiste jamais au pot de fer, ce n'est pas à toi que je vais l'apprendre. Et puis, je n'ai pas envie de parler de ça, j'ai besoin de prendre un peu de recul. On se reverra dans un mois, ça vaut mieux pour tout le monde. Après, j'aviserai pour la suite ou pas de ma carrière. Bon, patron, s'il n'y a pas d'autres questions, tu comprendras que je ne te retiens pas. Juste un petit conseil, fais en sorte que d'aucuns ne traînent derrière nous, sinon ça bardera sérieusement pour leur matricule. Un homme averti en vaut deux. Merci de faire passer le message, si tu avais vent de quelque chose.

Les deux coéquipiers convinrent qu'il était venu mielleusement au renseignement. Linda fit encore part de son sentiment mitigé à son endroit. Blanco acceptait de plus en plus l'idée que quelqu'un devait le manipuler, pour qu'il perde autant de son âme. Ils se répartirent les tâches. Blanco allait prendre attache physiquement et discrètement avec le journaliste à Paris. Tandis que Linda surveillerait, à la culotte, leur propre taulier, histoire de fermer définitivement cette porte.

Le lendemain, vers 10 heures, Blanco croisa le chemin de son contact, Frédéric, à Paris, en balade quotidienne dans son parc de prédilection, Jean XXIII, dit « le bon pape ». Ils avaient déjà à leur actif, deux ou trois reportages qui avaient défrayé la chronique politico-judiciaire. D'aucuns se douteraient de la source, mais Blanco fit en sorte de ne pas être reconnu officiellement par les caméras de vidéoprotection. Fred n'eut aucune difficulté à le reconnaître, malgré son visage dissimulé sous une ample capuche. Il s'asseyait près du visiteur, qui lui déposa une enveloppe grand format sur les genoux. Blanco s'adressa à lui sur le ton d'un confessionnal.

---C'est du lourd, Fred. Il faudra absolument que ça sorte dès mon feu vert. Y en a marre de ces opérations mondiales médiatisées, telles *Flo* ou *Delgado*, dans lesquelles les hautes personnalités et certains membres de l'Église bénéficient toujours de l'omerta. Et que dire des affaires *Dutroux* et *d'Outreau*, dont les notables restèrent impunis, *a contrario* des gens du peuple, eux, incarcérés. Quelle mascarade ! Pour preuve, en décembre 2005, *Jacques Chirac*, leur a présenté officiellement ses *regrets et excuses* devant ce qui restera un désastre judiciaire sans précédent. Je l'ai d'autant plus en travers de la gorge que mon ancien procureur de la République d'Avesnes-sur-Helpe, avec qui j'ai eu quelques démêlées, fut l'un des artisans du *fiasco d'Outreau*. Ce que tu as dans le dossier est du même acabit. Je vais déclencher les hostilités pour que les vrais coupables soient jugés et que les pauvres petites victimes soient considérées à hauteur de leur mal.

Sans un mot, Frédéric hocha la tête en guise d'acceptation. Le commandant disparut aussi subrepticement qu'il était apparu. En route pour son nord natal, trois nouveaux éléments augmentèrent encore sa détermination. *Primo*, l'appel de son fils confirma le viol de Jude commis par le prêtre, confidence recueillie par MG, la belle-fille de Blanco. *Secundo*, Linda lui fit part d'un rendez-vous discret de leur patron avec un homme politique des Hauts de France. Elle ne quittait plus d'une semelle cet élu, dont elle balisa la Peugeot 608 de fonction. *Tertio*, leur taulier était de la même promotion que celui de la P.J. de Paris. L'instinct de la capitaine se légitima enfin. À peine raccroché, elle rappela aussitôt son chef de groupe.

---Blanco, la 608 du politicard bouge vers le sud depuis presqu'une heure, je suis à son cul. Je pensais qu'il prenait la direction de Charleroi. Mais à Mons, il a bifurqué vers Maubeuge et se dirige maintenant vers Avesnes-sur-Helpe. Possible qu'il se rende à Hirson.

---Bien joué, Linda. Continue à le suivre à distance, je vais sortir de l'autoroute à la prochaine sortie, à Chaulnes. Je te rejoindrai à Hirson, via Saint-Quentin. J'le sens bien Linda, je crois qu'on va taper dans le mille.

Les deux acolytes eurent la même interprétation. Ce déplacement soudain devait être le corollaire de leur intervention à Manopello. Le frère saucissonné du maire italien avait dû être retrouvé et confirmé que le petit *reztavek* avait été récupéré par les deux flics. Jouant quasi à domicile, Linda arriva, bien avant l'élu, sur l'objectif situé à *la rue aux Loups* à Hirson. L'étau se resserra davantage lorsqu'elle constata, dans la cour intérieure, outre la berline allemande du propriétaire, identifiée à Marcinelle, celle du commissaire-priseur serré à Rueil-Malmaison. Le sang de Blanco ne fit qu'un tour, il accéléra suffisamment pour rejoindre Linda en un temps record.

La 608 garée à la va-vite, le sénateur était entré dans l'habitation à un rythme qui ne lui était pas habituel. Ne restait plus aux deux flics, qu'à trouver le motif légal pour investir les lieux. La demeure contemporaine offrait l'avantage d'une construction de plain-pied sur vide sanitaire. Ce qui diminuait sensiblement la marge d'erreur pour cibler la pièce susceptible de détenir de jeunes victimes. Les deux coéquipiers jetèrent leur dévolu sur ce qui sembla être la seule chambre, dont les épais doubles rideaux noirs obstruaient toute visibilité depuis l'extérieur. Pour y pénétrer, ce ne fut qu'un jeu d'enfants, dans la mesure où le commandant débloqua, à l'aide de son *Leatherman*, le cran de verrouillage de la grande baie vitrée, qui coulissa facilement. Il indiqua de son index que l'action était imminente. Linda enserra immédiatement la crosse de son *Sig-Sauer*. Comme en pareille circonstance, leur rythme cardiaque augmenta sensiblement, jusqu'à apercevoir les mouvements saccadés de leurs carotides. Sans émettre le moindre bruit, il permit à son adjointe de pénétrer dans les lieux et lui emboîta aussitôt le pas, chaussant fermement son arme, à son tour.

Quelle ne fut pas l'impensable surprise de leur découverte ? Leurs mines, totalement figées, étaient révélatrices de la hauteur de l'évènement. Cette fois-ci, la capitaine ne versa pas l'once d'une larme. Au contraire, sa détermination et celle de son commandant atteignirent des sommets. Le léger entrebâillement des voilages permit à la lumière du jour d'éclairer suffisamment le visage des deux enfants, pour que le duo les reconnût immédiatement comme les Roumains volatilisés. Linda et Blanco se retinrent de hurler leur joie. Leur cage thoracique était au bord de l'implosion. Cette incommensurable satisfaction ne souffrait d'aucune comparaison. C'était ce qu'on appelait le « coup parfait ».

Cette fois-ci, les antagonistes ne s'en sortiraient pas et leurs acolytes de la macabre soirée à Rueil-Malmaison, non plus. La capitaine rassura les minots en brandissant la paume de la main gauche et leur indiqua de garder le silence, en apposant son index sur ses lèvres. Même si, bâillonnés et attachés au lit, ils ne risquaient pas de faire grand bruit. Leurs yeux exorbités en disaient long sur leur sentiment inespéré de revoir ces deux flics.

Maintenant, il convenait de ne commettre aucun impair qui permettrait aux kidnappeurs de prendre la fuite. Le décompte était rapidement fait. Les adversaires étaient au moins trois, l'élu, le propriétaire et le commissaire-priseur. Cinq ou six, au pire, si les épouses et un joker les accompagnaient, à l'instar des Hauts-de-Seine. Peu importe leur nombre, le rapport de force serait sans doute inversé, grâce à l'effet de surprise et des sorties d'armes.

Les deux acolytes quittèrent la chambre à pas de velours. Ils entendirent des voix qui provenaient de la pièce à vivre. Le ton était solennel. Il était bien question, comme l'avaient deviné les flics lillois, de l'affaire de Manopello. Plus ils progressaient dans ce long corridor, plus le contenu des échanges était clair. Un homme évoquait la présence de la capitaine et du commandant dans ce village italien. Y avait-il meilleur moment pour investir la pièce principale et braquer ses occupants ? C'était la cerise sur le gâteau. Les deux coéquipiers ne s'en privèrent pas et engagèrent l'action.

---Police ! Haut les mains ! Ne faites plus aucun geste !

Les trois hommes marquèrent sérieusement le coup. Après s'être pissée dessus, la dernière fois, la femme du commissaire-priseur perdit connaissance sur le sofa. La propriétaire accourut auprès d'elle, sanglotant comme une gamine. Tandis que Linda les tenait en respect, Blanco les neutralisa rapidement à l'aide des menottes et des serflex. Le sénateur voulut jouer de son influence, mais se vit rabattre le caquet par le commandant, qui en avait mâté bien d'autres de son rang. Linda fit un rapide aller-retour dans la chambre des petits Roumains, pour uniquement leur enlever les bâillons, car il était essentiel de figer cette funeste scène de séquestration. Elle prit juste le temps de leur caresser les cheveux, avant de rejoindre son coéquipier.

Prévenus par la capitaine, les gendarmes d'Hirson arrivèrent très rapidement sur les lieux, leur base de *la rue Camille Desmoulins* se trouvant à deux artères de l'interpellation de *la rue aux Loups*. À l'instar de l'étêté *Camille Desmoulins*, l'esprit de Blanco, pourtant opposé à la peine de mort, fut effleuré par l'idée qu'il aurait bien *guillotiné* ces cinq malfaisants, pour les donner à manger *aux loups*, sur la place publique. Contrairement aux policiers parisiens, la gendarmerie n'opposa ni conflit de compétence territoriale ni remarque désobligeante et coopéra à la perfection. Linda put se consacrer aux deux pauvres petits, qui ne la lâchèrent plus d'un pouce. L'échange de regards fut d'une rare intensité émotionnelle entre les deux téméraires. La pression retombait d'un seul coup. Cette fois-ci, rien ni personne ne pourrait s'opposer à la réalité des faits. Inutile de compter sur un quelconque vice de procédure avec ces deux fervents utilisateurs du Code de Procédure pénale.

Le premier compte-rendu au magistrat mandant ne manqua pas de piment. Blanco prit son pied.

---C'est le Commandant Blanco, Monsieur le Juge. Je vous avise du placement en garde à vue de cinq personnes dans le cadre de notre commission rogatoire, ainsi que la découverte des deux petits Roumains disparus.

---Vous plaisantez j'espère, Commandant !

---Eh bien, moi qui pensais vous faire plaisir, Monsieur le Juge.

Blanco lui narra l'interpellation et lui communiqua les identités des notables, insistant tout particulièrement sur la présence du commissaire-priseur et de sa femme, récemment élargis dans l'affaire de Rueil-Malmaison. Il imposa au juge de traiter, uniquement avec son adjointe, les interpellés et les deux victimes. Désarmé, le magistrat insista tout de même pour que les gardés à vue soient transférés dès le lendemain dans les locaux de l'équipe France dans le 13ème arrondissement de Paris. Ce qui laissa tout loisir aux deux flics de travailler au corps les cinq malfrats. Ainsi, les bécanes chauffèrent de l'après-midi, jusqu'au petit matin, grâce à la collaboration sans faille des camarades de la Gendarmerie.

Le couple « commissaire-priseur », pourtant épinglé, ici, et rattrapé par l'affaire de Rueil-Malmaison, se contenta de garder le silence sur les conseils de leur avocat, dans l'espoir que l'histoire se répète. Malgré plusieurs auditions, le sénateur nia les faits, prétextant qu'il rendait une banale visite de courtoisie à ses amis, ignorant, bien entendu, la présence des deux enfants séquestrés. Pourtant, c'était lui qui évoquait l'épisode de Manopello, lorsque les deux officiers les interpellèrent. Ce qu'il réfuta royalement, aussi.

En revanche, les propriétaires de la demeure d'Hirson contredirent sa version. Ils avaient, certes, entendu parler de lui et connaissaient son statut d'homme politique, mais ils ne l'avaient jamais rencontré. Retournée par le savoir-faire du duo Linda/Blanco, qui s'engouffra dans la faille, les révélations de la maîtresse de maison furent accablantes. Elle craqua littéralement et se mit à table, au grand dam du mari, qui ne put que confirmer des aveux trop circonstanciés. Elle indiqua que les deux petits étaient séquestrés, chez eux, depuis ce matin, véhiculés de Paris par le couple « commissaire-priseur », afin de les planquer à la suite de l'affaire de Rueil-Malmaison et du rebondissement de Manopello. Elle avouait sa participation à de nombreuses soirées à caractère pédophile, notamment dans le fameux domaine de Marcinelle du diamantaire d'Anvers. Elle le reconnaissait sur photo, ainsi que le couple du CAC 40, du 105, avenue de la Porte-des-Ternes, pour participer ensemble aux abus sexuels sur de très jeunes mineurs.

La machine à parole lancée, elle mettait également en cause José Luis Enriquez, comme organisateur de la logistique d'acheminement des pauvres enfants, depuis deux ans. Pire encore, elle décrivit la diabolique scène du viol du petit *reztavek,* Jude, commis, en tenue d'apparat, par le prêtre italien de haut rang. Elle admettait que ce réseau bénéficiait de la protection de responsables policiers, magistrats et politiques, dont le sénateur interpellé. À la question sur les raisons de son implication dans ces dérives sexuelles, elle répondit, laissant les deux flics lillois sans voix.

---Il y a cinq ans, j'ai rencontré mon mari qui m'a initiée à ce type de pratique, deux ans plus tard. Pour pimenter notre sexualité, disait-il. J'étais réfractaire à ce genre de soirée, mais je me suis finalement laissée convaincre par son réseau relationnel. Ces gens possèdent l'art et la manière de vous transporter dans cette ambiance hors norme. D'ailleurs le port de perruques et de masques provoque un sentiment de déresponsabilisation, même si ces artifices évitent aussi d'être identifiés sur les enregistrements vidéo. Nous avons l'impression de ne pas véritablement être acteurs de ces actes obscènes. Il faut être assez fortuné pour participer à ces évènements. Le ticket peut valoir deux mille euros, voire plus, par participant, selon les prestations. Mon mari s'est même vanté d'avoir payé plus de soixante-mille francs, par tête, au milieu des années 90, lorsqu'on leur livrât, dans la résidence secondaire du diamantaire, à Marcinelle, des petits jumeaux dominicains, fille et garçon.

Surpris, les deux officiers échangèrent un regard interrogateur. Cette dernière déclaration ressemblait étrangement au calvaire subi par Carolina et José-Luis

Enriquez, à ces mêmes période et lieu. Ce qui leur parut finalement irréalisable, dans la mesure où le jumeau n'aurait pas alimenté un réseau, dont les antagonistes eurent été leurs bourreaux. Le duo de flic masqua leur consternation, pour ne pas couper la chique à la docile déclarante. Sans rien laisser paraître, Linda poursuivit l'audition filmée.

---Nous avons compris votre point de vue du côté auteur, mais que pouvez-vous nous dire sur le ressenti des victimes ?

---Comme je vous le disais, on ne réalise pas vraiment nos délires. Je pense que c'est dû au port du masque ; d'autant qu'on ne voit pas non plus le visage des enfants, dont, en général, la tête est recouverte d'un épais sac en toile.

Linda en avait assez entendu. De toute façon, à ce stade de l'audition, l'avocat, présent et conscient de la gravité des propos circonstanciés tenus par sa cliente, ne pourrait inverser la tendance. En accord avec Blanco, resté discret, ils mirent fin à la rédaction du procès-verbal, qu'elle persista et signa, sans observation de son conseil, littéralement enseveli sous le poids des déclarations.

Soulagés d'avoir pu recueillir de tels aveux, ils s'accordèrent une pause-café amplement méritée, vers deux heures du mat, avant d'entendre les deux petits, par le truchement d'une interprète en langue roumaine. Leurs déclarations furent saisissantes. Issus d'un milieu défavorisé de la banlieue-Est de Pitesti, à deux heures de Bucarest, leurs parents respectifs les avaient monnayés au réseau de l'impitoyable maffieux, Alexandru, le grand parrain de cette région des Carpates. Ils avaient voyagé clandestinement dans le coffre à bagages d'un car de tourisme. Malheur à leur famille, s'ils tentaient d'échapper à leur « guide » roumain. Petru, 9 ans, et Vasile, 10 ans, respectèrent l'engagement « moral » de leurs parents, de peur qu'ils subissent de terribles représailles. Ils furent pris en charge, en Belgique, par le fameux José-Luis Enriquez, qui les conduisit à Paris, pour les toiletter, puis les emmena à Rueil-Malmaison. Jusqu'à ce que Linda et Blanco interviennent, avant le pire.

C'est le petit Petru qui avait subi les violences perpétrées par la femme du banquier. L'état descriptif des blessures, établi par le médecin légiste, mentionnait « *une lésion sphinctérienne par traumatisme anal pénétrant* ».

Quant aux circonstances de leur disparition de l'hôpital, ils répondaient que, durant la nuit, José-Luis Enriquez les avait récupérés pour les emmener dans un appartement insalubre en région parisienne, sous la surveillance de l'accompagnateur roumain. Puis, qu'hier, l'un des couples, déjà interpellés à Rueil-Malmaison et ici, les avait amenés dans cette maison à Hirson, jusqu'à la nouvelle intervention des deux flics lillois.

Après cette nuit épique, les deux fins limiers pouvaient enfin savourer la satisfaction du travail, en partie, accompli. L'hospitalité des gendarmes fut à la hauteur de l'évènement. La capitaine et le commandant purent reprendre des forces, grâce au copieux petit-déjeuner qui leur fut très généreusement servi.

Le compte-rendu matinal laissa le juge mandant pantois et, surtout, sans répartie face au rebondissement de l'affaire initiée par le commandant et son acolyte. Blanco avait profité d'une seconde erreur de l'équipe dirigeante, qui avait oublié d'annuler leur détachement dans cette instruction, lorsqu'ils furent rappelés en métropole lilloise pour répondre de la pseudo affaire de trafic de stups diligentée par l'I.G.P.N.

La messe était dite, d'autant que, par l'opération du Saint-Esprit, les médias se faisaient déjà les choux gras de cette interpellation de notables dans les milieux pédophiles. Frédéric n'y alla pas avec le dos de la cuillère. Puisqu'il fit état de l'existence de la vidéo, plutôt « parlante », de *la Rotonde de la Muette*, sur laquelle apparaissait très clairement l'accolade entre le patron de la P.J. de Paris, Pantin, et les deux notables ayant bénéficié de sa largesse procédurale de Rueil-Malmaison ; de celle de la fusillade du parking aérien, extraite officieusement du système de vidéoprotection de Gilou, où la Classe E de l'homme d'affaires était clairement identifiée ; ainsi que celle des véhicules, dont celui du Vatican, prise dans la cour de la demeure à Marcinelle, au moment où Jude, le petit *reztavek*, montait à l'arrière. La Une d'un grand quotidien national titrait : « *les dérives pédophiles d'un système vicié !* ».

Impuissant, le juge mandant n'insista pas.

---Très bien, Commandant. Ramenez-moi, au plus vite, tout ce petit monde à Paris !

Ce à quoi Blanco répondit ironiquement.

---Attendez-vous à ce qu'il y ait plutôt du grand monde.

Mais, alors que tout semblait enfin sur de bons rails, un élément imprévu, et non des moindres, vint perturber le bon déroulement de l'enquête. Le riche industriel parisien, dont la société était cotée en bourse, et le diamantaire belge, étaient retrouvés morts dans une chambre à hôtel *La Villa des Ternes*, en début de matinée. Le commandant et la capitaine en furent avisés par le juge, lors de la présentation des interpellés. Ajoutant, avec un sourire narquois : « *qui pouvait leur en vouloir au point de les tuer ?* ». Blanco comprit qu'il était dans le collimateur. Les menaces, qu'il manifestât dans le bureau de son taulier, après les auditions des *bœufs*, pouvaient suffire au mobile. Et le magistrat compléta cyniquement.

--- Je crois que la police des polices a des questions à vous poser dans le cadre du double homicide. La capitaine va poursuivre, seule, l'affaire qui nous concerne. Elle sera assistée par l'équipe dédiée au démantèlement du réseau.

---Il est trop tard, maintenant, pour arrêter la machine. Et il y a fort à parier que votre temps à la tête de cette instruction soit compté. À très bientôt, Môssieur le Juge.

Blanco adressa un clin d'œil à la capitaine Linda et se rendit directement dans les locaux de l'I.G.P.N., où deux commandants expérimentés l'attendaient.

---C'est quand vous voulez, mes très chers collègues. Je suis votre homme.

---On sera directs, alors. Où étais-tu, hier, Blanco ?

---A vous de me le dire, c'est bien vous qui menez l'enquête, si je ne m'abuse ?

Le commandant lillois comprenait que les deux salopards avaient été tués la veille. Plutôt embêtant, car il se trouvait effectivement dans la capitale, hier matin. Il ne pouvait taire sa présence à Paname, tout mensonge pouvant conduire à sa perte. Seul Gilou pouvait le mettre définitivement hors de cause, tout en taisant son *meeting* avec le journaliste. Avec l'accord des deux commandants, Blanco qui n'avait pas de temps à perdre, sollicita son ex-adjoint qui, dans l'heure, communiqua l'enregistrement de l'itinéraire emprunté, hier, par la voiture de Blanco. Ainsi, en deux coups de cuillère à pot, les deux comanches détenaient la preuve formelle qu'il ne pouvait être l'auteur de l'empoisonnement des deux notables. Blanco quittait librement les locaux des *bœufs* parisiens, pour rejoindre rapidement la capitaine Linda, qui en sourit.

---Déjà là, mon Blanco. Tu m'étonneras toujours.

---Il y a quelque chose qui m'échappe dans ce double assassinat, Linda. A qui profite réellement le crime ? Les loups ne se mangent jamais entre eux. J'ai l'impression que la vérité nous crève les yeux. C'est agaçant.

Sans réponse, non plus, Linda rassura Blanco quant au parfait déroulement de la prolongation de garde à vue des cinq notables. L'équipe France lui avait fait comprendre que le verrouillage de l'enquête venait de sauter et qu'un nouveau juge d'instruction allait être rapidement nommé. L'impact des médias, sur l'opinion publique, avait été rédhibitoire. Le commandant fit part à son adjointe qu'il trouverait peut-être des éléments manquants au domicile de José-Luis Enriquez à Bruxelles. Elle l'encouragea à poursuivre de ce côté, tandis qu'elle continuerait à traiter l'affaire d'Hirson, avec le groupe soudainement surmotivé par ce revirement de politique.

Une question taraudait une nouvelle fois l'esprit de Blanco : « *dans quel but Enriquez avait-il reproduit ses souffrances ?* ». Il y a quelque chose qui clochait. Lui vint l'idée d'appeler l'un de ses confrères de la Crim' à Bruxelles, pour lui demander s'il avait connaissance d'un meurtre non élucidé, datant d'environ deux ans. « *Effectivement, Blanco. Un gars a été empoisonné au cyanure dans une chambre d'hôtel, approximativement à cette période. Nous savons juste que la victime était l'un des anciens satellites dans l'affaire Dutroux* ». Était-ce une coïncidence ? La date du crime correspondait, effectivement, à la reprise de contact entre les jumeaux Enriquez. Blanco fila tout droit à destination de la capitale belge, battant, sans doute, de nouveaux records de vitesse.

Il n'eut aucun mal à pénétrer dans l'appartement du défunt, car la porte était déverrouillée. Le logement, sens dessus dessous, avait été minutieusement visité, certainement après le départ de la dépouille mortelle. Sans doute que le ou les assassins étaient à la recherche d'un élément compromettant. Blanco commença son officieuse perquisition. À peine débutée, il entendit des bruits de talons de plus en plus audibles dans le couloir, au fur et à mesure que les pas se rapprochèrent de lui. Ceux-ci s'arrêtèrent net devant la porte de l'appartement, qui s'ouvrit lentement, laissant entendre un grincement digne d'un film à suspense. Déterminé, Blanco pointa son arme dans cette direction, mais baissa rapidement son *Sig-Sauer*, lorsqu'il reconnut Carolina, la jumelle Enriquez. Le tutoiement opéra naturellement.

---Que fais-tu là, Carolina ? Quelle surprise.

---Je crois que c'est plutôt à moi de te poser cette question, Blanco ? Que fais-tu dans l'appartement de mon jumeau ?

---À vrai dire, il y a quelque chose qui ne tourne pas rond dans cette affaire. Je suis intimement persuadé que ton frère a été assassiné. Je veux savoir par qui, et, surtout, quelle en a été la raison. Désolé, Carolina, je manque à mes obligations. Je te présente mes sincères condoléances.

---Merci, Blanco. Je suis venue pour les mêmes raisons que toi. José-Luis ne s'est jamais drogué, malgré notre passé douloureux. Il a été overdosé, car il en savait trop. Dis-moi, c'est ça que tu cherches, Blanco ?

Carolina brandit une clé qu'elle avait découverte, scotchée sous le couvercle du réservoir d'eau des toilettes de l'appartement de son jumeau. Elle se dirigeait vers la gare ferroviaire pour vérifier si un casier correspondait, lorsqu'elle aperçut, au loin, le commandant entrer dans l'immeuble. Elle fit alors demi-tour pour le retrouver, ici.

Elle accepta la proposition de Blanco de tester cette clé sur le champ, la station se trouvant à portée de pas. Au bout d'un quart d'heure d'essais improductifs, ils ouvrirent enfin un compartiment qui contenait, seulement, une chemise cartonnée renfermant divers documents. Pour plus de discrétion, ils convinrent de les éplucher dans l'appartement du défunt.

Impatients, ils s'installèrent autour de la table de la cuisine et commencèrent à examiner la documentation. A la grande surprise de Blanco, il s'agissait des photos d'une partie des protagonistes des affaires de Rueil-Malmaison et d'Hirson. Il y reconnut le couple de cette dernière commune, celui du commissaire-priseur, l'autre du 105, avenue de la Porte-des-Ternes, ainsi que le diamantaire d'Anvers et sa femme. Des fiches très détaillées, sur les habitudes des quatre notables masculins, accompagnaient chacun d'eux. Tout en épluchant les photographies, le commandant tenta vainement de détecter le moindre signe significatif chez

Carolina, dont l'expression du visage resta totalement hermétique. Étaient-ce ses années de galère qui lui avaient enlevé toute sensibilité ou un tout autre sentiment qui l'animait ? Blanco essaya d'en savoir plus.

---Tu connais ces personnes, Carolina ?

---Non, ça ne me parle pas, Blanco. Pourquoi ?

---Ton frère ne t'en a jamais parlé ?

---Non. Tu sais que je ne l'ai revu qu'une fois, en 2016. Et toi, Blanco, tu les reconnais ?

---Et pas qu'un peu. Je vais faire court, Carolina. À partir de l'affaire de ton jumeau et du petit *reztavek*, j'ai interpellé trois de ces quatre couples impliqués dans des réseaux pédophiles. Une partie, il y a quelques jours en région parisienne, et l'autre, la veille, à Hirson dans l'Aisne. Ce matin, ces deux hommes que tu vois sur ces photos ont été retrouvés morts.

---Je l'entends bien, Blanco. Mais je ne vois toujours pas le rapport avec mon frère ? Tu peux m'expliquer ?

---J'ai personnellement vu José-Luis chez ce diamantaire à Marcinelle. Et, il y a fort à parier que c'est ton jumeau qui a pris la fuite lors de l'interpellation à Rueil-Malmaison. Il t'a sans doute fait part d'autre chose ? Un détail t'aurait-il échappé ?

---Je ne vais pas t'inventer une histoire pour te faire plaisir, Blanco. Tu n'es pas le seul à vouloir comprendre pourquoi il a été tué. Je te rappelle, au passage, qu'il s'agit tout de même de mon jumeau. En tout cas, une chose est certaine, il ne peut être l'auteur du double meurtre perpétré à Paris, puisqu'il était déjà six pieds sous terre.

Blanco s'employa à ne manifester aucun signe ostentatoire eu égard à la dernière phrase prononcée par Carolina. Afin d'éviter qu'elle ne réalise pas tout de suite sa bourde. Pour cause, à aucun moment, il n'avait évoqué que les deux notables avaient été tués à Paris. Autant dire que, maintenant, il émettait de sérieux doutes quant à la véracité de ses propos. Il poursuivit habilement son travail de sape, son interlocutrice devenant une potentielle adversaire de taille. Plus elle s'exprimerait, plus le commandant augmenterait ses chances de glaner quelques précieux renseignements. Il continua à la questionner, mine de rien.

---Depuis quand es-tu arrivée à Bruxelles ?

---Tôt, ce matin. J'ai seulement été prévenue du décès de José-Luis, hier en fin de matinée, par la police de Bruxelles. J'ai donc pris le train de nuit en Espagne, plus pratique, puisque la gare *Bruxelles-midi* est juste à côté de chez mon frère. J'ai retourné l'appartement et n'ai trouvé cette clé cachée, que quelques minutes avant que tu entres dans l'immeuble.

La version pouvait être plausible, mais quelques détails interpellèrent le flic expérimenté. En effet, Blanco constata qu'elle n'avait pas l'apparence d'une femme qui avait voyagé dans ces conditions nocturnes. Ses vêtements étaient tirés à quatre épingles, ses cheveux parfaitement coiffés en rangs serrés, son maquillage digne de la sortie récente d'un salon de beauté. Il l'invita à prendre un verre au bar du coin, le *Sas café*. Ils commandèrent tous deux un double expresso. En possession de la photo de Carolina, transmise par Pierre, Blanco se rendit aux toilettes pour l'envoyer, par WhatsApp, à son ami Gilou, accompagné d'un petit message : « *Urgent ! Entrée à l'hôtel La Villa des Ternes hier soir ou ce matin ?* ». La coloration grise des deux coches virant au bleu, confirma la réception de l'envoi. Avec son système de reconnaissance faciale, l'ex-adjoint de Blanco ne tarderait pas à répondre. Le commandant revint s'asseoir auprès de Carolina qui, intuition féminine opérant, pressentit quelque chose d'anormal. Elle tenta d'en savoir un peu plus et avisa franchement son interlocuteur.

---Tout va bien, Blanco ? Tu as l'air ailleurs ?

---On le serait à moins. Nous traitons une sale affaire. Tu sais de quoi je parle. Et il n'est pas facile de naviguer dans les eaux troubles de notre système controversé.

---J'ai la nette impression que les choses ne changeront jamais et que le mal l'emportera toujours sur le bien.

Blanco sentit la vibration de son iPhone, en mode silencieux, dans la poche de son jean. Il le consulta discrètement sous la table. Cette fois-ci, il ne put masquer une incontrôlable poussée d'adrénaline. Carolina était bien entrée dans le fameux hôtel, hier soir à 20h37, et en était ressortie, à peine une demi-heure plus tard, à 21h04 précises. Inquiète, Carolina intervint.

---Une mauvaise nouvelle, Blanco ?

---Je dirais plutôt bonne et mauvaise à la fois.

Il la fixa intensément dans les yeux, quelques secondes, et lui posa la question, d'un air compatissant.

---Carolina, tu ne crois que le moment soit venu de me dire, enfin, toute la vérité. Il me semble que nous avons suffisamment perdu de temps et ma patience atteint ses limites. Je te donne deux indices. *Primo*, je ne t'ai jamais précisé que l'assassinat des deux hommes d'affaires s'était produit à Paris. *Secundo*, j'ai la preuve formelle que tu étais à Paname, hier soir. Si ça peut t'aider ?

Carolina exécuta un geste de recul du buste et se passa les mains dans ses longs cheveux noirs, tout en humectant ses lèvres devenues soudainement sèches. Blanco venait de taper dans le mille. Elle imposa de changer de site, au bénéfice d'un endroit plus au calme. Bien que convaincue que le commandant vint de découvrir une partie de la vérité, elle resta très digne et manifesta même une étonnante sérénité. Ils s'installèrent dans le salon discret du Mercure hôtel. Tous deux confortablement installés en vis-à-vis, Blanco ayant pris soin de déclencher ouvertement le dictaphone de son portable, Carolina prit calmement la parole, imposant à son confident de ne surtout pas l'interrompre.

---Je vais essayer d'être succincte. Tu pourras me poser des questions, ensuite. Il est vrai que mon jumeau m'a retrouvée, il y a deux ans, à *La Jonquera*. Mais ce n'était nullement un hasard. Il avait reconnu notre passeur, à Bruxelles. Pendant plus de trois mois, il l'avait suivi à la trace. Ce qui l'amenait, de fil en aiguille, à retrouver l'un des huit salopards, le diamantaire d'Anvers, qui figure sur l'une des photos du dossier que nous avons épluché tout à l'heure. Tu remarqueras que les hommes ont tous la soixantaine, aujourd'hui. Ce qui veut dire qu'ils en avaient la quarantaine en 1996. Déduction faite, tu comprends que les quatre fumiers des photos sont ceux qui nous ont violés, il y a vingt-deux ans, dans la demeure à Marcinelle. Ils ont juste changé de femme, depuis. José-Luis était venu m'avertir qu'il envisageait de nous venger de ces monstres, qui nous avaient meurtris au plus profond de notre chair et surtout de notre mémoire. Je ne m'étais pas réellement positionnée au début. Mais, au fil du temps et de son acharnement, je lui apportais mon soutien. Pour identifier les trois autres, il empoisonnait le passeur bruxellois, au cyanure, pour prendre sa fonction de logistique dans le réseau. Ce ne fut qu'il y a trois semaines, qu'il parvint à retrouver la trace du quatrième, après presque deux ans d'entrisme. Nous avions convenu de les éliminer, puisque justice ne serait jamais rendue. C'était malheureusement sans savoir que tu allais les mettre à mal. Bref, persuadée qu'ils étaient les commanditaires de la mort maquillée de mon jumeau, j'ai décidé de tuer ces quatre malfrats de mes propres mains. J'avais en ma possession le double du dossier constitué par José-Luis. J'ai tendu un piège aux deux salopards, en leur donnant rendez-vous dans une suite de l'hôtel *La Villa des Ternes*, pour une sextape avec des jumeaux fille et garçon de 9 ans. Ils ont mordu à l'hameçon. Je me suis présentée, seule, dans la chambre pour leur expliquer les modalités d'usage. Ils m'ont remis la somme de quatre mille euros en espèces, je leur ai servi une coupe de champagne, pour soi-disant les faire patienter, le temps que les petits soient livrés. J'ai versé, discrètement, 200 mg de cyanure de potassium dans chacun des verres. Ils ricanèrent comme des gros porcs et burent une première gorgée, puis une seconde. Sachant qu'ils décèderaient dans la minute, j'ai bien pris soin de leur rafraichir la mémoire, pour qu'ils partent avec le souvenir de notre rencontre d'août 1996. Si tu avais vu leur sale gueule avant de mourir. Je ne regrette qu'une seule chose, c'est de ne pas t'avoir laissé finir ton travail. Jamais je n'aurais pensé qu'un flic puisse démanteler un tel réseau pédophile, dirigé par autant de puissants.

---C'est effectivement bien dommage, Carolina. Mais le mal est fait. On ne peut plus revenir en arrière.

---Avant de m'arrêter, pourquoi avoir déclaré, il y a quelques instants, qu'on t'apprenait une bonne et une mauvaise nouvelle à la fois ?

---Je suis mal placé pour me positionner ainsi, mais je suis plutôt un adepte de la loi du talion. Pourtant, le propre de la vengeance est son caractère intemporel, qui ne respecte pas l'un des principes fondamentaux de la légitime défense, l'immédiateté de la riposte.

---Je n'ai pas l'intention de modifier le droit, mais j'apporterai juste une remarque, si tu me le permets, Blanco. En ce qui nous concerne, nous, les abusés sexuels, l'attaque est continue dans la mesure où la douleur ne cesse jamais de nous habiter, la souffrance est permanente. En ce sens, j'estime, certes à tort juridiquement parlant, que la riposte était également continue dans le temps. Au moins, ces deux salauds ne feront plus jamais de mal aux enfants. Même si ma douleur persiste, force est de reconnaître que le mal récurrent est désormais beaucoup plus supportable, depuis cette vengeance.

---Je peux tout à fait le comprendre ta réaction, Carolina. Mais il est vraiment regrettable que nous n'ayons pas pu travailler ensemble sur le démantèlement de ces réseaux pédophiles. Nous aurions sûrement été encore plus efficaces avec ton jumeau, en vie, et toi, en liberté.

---D'autant que ces quelques vicelards ne sont que la face cachée de l'iceberg. Tu te doutes bien, qu'en deux ans d'entrisme, nous possédons un organigramme plutôt bien fourni, planqué dans un coffre en Suisse. Ces dix dernières années, j'ai amassé pas mal d'argent avec mon job d'Escort-girl. Et, surtout, j'ai bénéficié, il y a peu, d'un héritage colossal que m'a légué l'un de mes richissimes clients du Moyen-Orient. Mon jumeau et moi devions disparaître, après nos représailles mortelles et la communication anonyme de cette fameuse liste noire, via les efficients réseaux sociaux.

Blanco ne répondait plus. Son temps s'était arrêté. À son tour, Carolina avait tapé dans le mille. C'était ce que l'on pouvait assimiler à de la légitime défense. Recouvrant quelque peu ses esprits, il s'excusa un instant auprès de son interlocutrice, pour sortir prendre l'air et se rafraîchir les neurones en ébullition.

Il revint revigoré et transformé, deux à trois minutes plus tard, fixant fermement Carolina. Manifestant une étrange attitude de résignation qu'on ne lui connaissait pas, il sortit son iPhone de la poche de son jean et en effaça l'enregistrement de la déclaration de la jumelle. L'échange de regard fut d'une rare intensité. Lorsque Carolina voulut interrompre ce temps suspendu, le commandant lui répondit que la conversation qu'il venait d'avoir n'avait jamais eu lieu.

Ils se quittèrent, après une franche et chaleureuse accolade. Avant de disparaître, il l'informa qu'il reprendrait rapidement contact avec elle, pour convenir d'un rendez-vous en Suisse, avec un ami journaliste indépendant. Elle acquiesça d'un mouvement de tête et d'un battement de cils. Pour la première fois, depuis tant d'années, son regard et son visage retrouvèrent une partie de l'éclat qu'elle pensait perdu à jamais. D'un seul coup, elle redevenait, presque, une jeune femme normale de trente-deux ans.

Étonnement confiant et soulagé à la fois, Blanco reprit immédiatement la route de Paname. S'il accélérait un peu, il pouvait rejoindre la capitaine Linda, dans la capitale, en début de soirée. Autant dire que ses neurones continuèrent à s'entrechoquer tout au long du trajet. Pour la première fois de sa carrière, il devait taire un meurtre à Bruxelles et un double assassinat à Paris. Tant qu'à faire, autant profiter du principe du non-cumul des peines. Le lot de consolation dépassait très largement le premier prix. Sachant qu'il en allait de l'intérêt de dizaines d'enfants, voire plus. Il retrouva Linda à Paname, dans les temps souhaités, dans sa modeste chambre d'hôtel, réservée par l'administration. Les bonnes nouvelles ne tombant jamais seules, elle lui en apporta de juteuses.

Comme il était prévisible, l'affaire avait fait grand bruit dans les hautes sphères parisiennes, restées très discrètes, en raison du soutien médiatique préservant les arrières du duo de flics. L'Inspection Générale de l'Administration était déjà sur le pont, avec la collaboration de l'Inspection Générale de la Justice et de L'I.G.P.N. L'I.G.J. avait déjà nommé, dans l'heure, un nouveau juge d'instruction, en lieu et place de son prédécesseur, qui allait devoir répondre des raisons de son inaction.

La police des polices n'y était pas allée, non plus, par quatre chemins. Elle avait placé en garde à vue, sur le champ, le taulier de la P.J. de Paris. Le commandant Blanco ne fut pas au bout de ses surprises. Pantin, qui portait bien son nom, balança à tout va, pensant bénéficier de la clémence des *bœufs-carotte*, qui furent sidérés des propos tenus par ce futur ex-commissaire divisionnaire : « *Je n'ai été qu'un exécutant. Mon principal donneur d'ordre a* été le taulier de la P.J. de Lille, un de mes anciens collègues de promo. Il m'a contacté, il y a quelques jours, à la suite d'une alerte fichier déclenchée par son chef du groupe Crim', le commandant Blanco, au sujet d'une Mercedes Classe E, appartenant à un riche industriel français, domicilié 105, avenue de la Porte-des-Ternes à Paris 17. Il m'a informé avoir balisé la 308 de Blanco, sur les recommandations d'un élu de poids des Hauts-de-France, et prévenu que sa voiture approchait de mon secteur. Dans un même temps, j'étais sollicité par une autre personnalité politique parisienne, qui me conseilla de suivre les instructions à la lettre, et qu'ainsi, mon déroulement de carrière ne s'en porterait que mieux. Pour autant, je ne savais pas que les instigateurs mettaient au point une opération d'intimidation à l'endroit de Blanco. Je ne compris, que par la suite, que mon seul rôle était d'intervenir après coup, pour être saisi de cette fusillade et en faire disparaître les enregistrements de la vidéoprotection. C'est aussi de cette manière que la bande vidéo de la scène porno-pédophile de Rueil-Malmaison a été détruite. Ce n'est qu'à ce moment-là que j'ai compris que Blanco était sur les traces de ce type de réseau, mettant en cause des gens de la haute bourgeoisie. J'avoue que, moi-même père, j'ai réalisé trop tard que j'étais embarqué dans une sale affaire, pour laquelle j'étais trop engagé pour faire machine arrière. D'autant que mon adjoint, le Commandant Bois, avait la charge de surveiller ce qui devint rapidement mon lourd fardeau. C'est d'ailleurs lui qui, sous couvert de mes nom et qualité, a rédigé les procès-verbaux de garde à vue des huit interpellés et commis les vices de procédure. Je reconnais la vidéo que vous me représentez. Mon rendez-vous a été organisé par les commanditaires à La rotonde de la Muette, pour rassurer les bénéficiaires de cette largesse procédurale. Je regrette sincèrement de m'être laissé entraîner dans une telle affaire ».

Blanco reçut un appel téléphonique de son taulier, il actionna le haut-parleur, pour que Linda puisse entendre la conversation. Leur patron s'exprima sur un ton anormalement bas et résigné.

---Bonsoir, Blanco. Je viens de recevoir un coup de fil des *bœufs-carotte*. Je sais ce qu'il m'attend, mais je voulais, avant tout, m'en expliquer auprès de toi et de Linda, même si je me doute que mes excuses ne suffiront pas à obtenir votre pardon. Je me suis laissé entraîner dans ce sale guêpier par le sénateur des Hauts-de-France, que vous avez brillamment interpellé à Hirson. Je sais que votre temps et, surtout, le mien sont comptés. Pour faire court, il était décisionnaire principal de mes prochaines attributions à la mairie de Lille. J'ai honte d'avoir complètement vrillé pour des convenances égoïstes. C'est moi qui ai balisé ta 308 et récupéré le traceur GPS. Je te promets que je ne savais pas qu'ils feraient usage d'une arme à feu. C'est une équipe de gitans, dont je ne connais pas les identités, qui a été recrutée en région parisienne, via l'intervention d'un sénateur de la capitale. J'ai tout consigné dans une lettre signée de ma main, que j'ai placée dans le coffre de mon bureau. Tu y trouveras également la balise. Je voulais, une dernière fois, m'excuser auprès toi et de la Capitaine Linda. Et vous dire tout le bien que je pense de vous deux. Je ne vous méritais pas. Ne changez jamais. Adieu !

Blanco et Linda n'eurent pas le temps de répondre, qu'ils entendirent une puissante détonation, à l'autre bout du fil. Ils se regardèrent tous deux, sans pouvoir prononcer le moindre mot. Leur taulier venait de mettre fin à ses jours, en direct, sans même prendre le temps de raccrocher. C'est dire l'intensité de son désespoir. C'était sans doute ce qu'il avait de mieux à faire, le connaissant, il n'aurait jamais accepté le regard des siens. Les deux flics eurent immédiatement confirmation du suicide de leur patron, par leurs collègues de la Crim' lilloise. Le sale coup était double pour les deux acolytes. Ils devaient encaisser, impuissants, la trahison et la mort de leur taulier.

Dans la matinée, d'autres nouvelles, meilleures celles-ci, continuèrent à tomber. Également placé en garde à vue, le commandant Bois s'était tout de suite mis à table, impliquant le sénateur parisien, dont il recevait directement les ordres. L'interpellation de ce haut responsable politique français ne se fit pas attendre, non plus. Le juge mandant dessaisi, qui perdit de sa superbe, ne fut pas langue de bois, lors de la confrontation avec le politicard. Il n'avait d'autre choix que de déclarer qu'il exécutait, lui aussi, au doigt et à l'œil, les instructions de cette puissante personnalité de la place de Paris.

Blanco et Linda attendirent qu'ils sortent des bureaux d'auditions pour les regarder droits dans les yeux. Le commandant Bois et le juge baissèrent lâchement la tête, tandis que le sénateur parisien les regarda d'un air menaçant. Pensant, peut-être, qu'il jouissait encore de quelques pouvoirs, sans doute par pur réflexe.

Le commandant Blanco et la Capitaine Linda restèrent secoués, un long moment, par le suicide de leur taulier. Mais le déroulement de cette affaire dut suivre son cours. Les têtes tombèrent une à une.

Épilogue.

La vraie machine, celle de la justice républicaine, était irrémédiablement lancée. Tous les protagonistes de Rueil-Malmaison et d'Hirson furent placés sous mandat de dépôt. La lettre du taulier lillois était accablante, la balise était également retrouvée dans son coffre. La copie de l'empreinte du briquet, liée à l'incendie de la Classe E, précieusement gardée par l'ijiste de Fourmies, identifia formellement le propriétaire de la demeure d'Hirson.

Débridée, l'équipe France pouvait désormais poursuivre librement sa mission de démantèlement des réseaux pédophiles, sous le nom de « *l'opération niño* », et ce, en étroite collaboration avec le duo de flics lillois. Frédéric, le contact journaliste indépendant de Blanco, était autorisé, officieusement, à recevoir toutes les informations sur l'évolution de l'enquête. Éléments qu'il devait garder précieusement, dans un premier temps, pour respecter le secret de l'instruction ; puis, dans un second temps, de publier un ouvrage pour le faire-savoir auprès de l'opinion publique, à l'échelle planétaire.

Les rebondissements se poursuivirent, aussi, hors hexagone. Grâce à la perspicacité de Carolina Enriquez, la mort par overdose de son jumeau était requalifiée d'assassinat. Cet acte était attribué à un policier de Charleroi, travaillant officieusement pour le compte de feu le diamantaire de la place d'Anvers. Sa jumelle put ainsi faire son deuil, avec le soutien de Blanco. Plusieurs têtes pensantes belges tombèrent, dont d'anciens auteurs qui avaient été élargis du temps de l'affaire *Dutroux*.

Une première partie du réseau fut également démantelé en République dominicaine et en Haïti, grâce à l'intelligence de jeu du capitaine Philippe. En outre, la mort du capitaine Rodriguez fut considérée comme un acte héroïque et il reçut les honneurs de la nation. Ce nettoyage en profondeur permit à Salina et ses deux enfants de rentrer au pays, en toute sécurité.

Le prêtre, violeur du petit Jude, était interpellé en Italie. Il s'agissait de l'un des hauts responsables du Vatican, qui généra un nouveau scandale au sein de l'Église. Le maire et quelques-uns de ses disciples de Manopello, se retrouvèrent également derrière les barreaux. Même punition pour des notables allemands de la ville de Schramberg, qui furent aussi placés sous les verrous. Ce ratissage confirma que le jumelage entre les villes de Schramberg, Marcinelle, Hirson et Manoppello représentait bien une couverture pour le réseau pédophile, comme l'avait pressenti Linda et Blanco.

C'est un véritable réseau tentaculaire qui s'écroulait, tels des dominos. Notamment avec cette nouvelle branche qui était coupée, celle du parrain roumain de Pitesti, le terrifiant Alexandru.

Les contacts entre le commandant et Salina s'espacèrent inexorablement, en raison de son addiction au judiciaire, embarquant la talentueuse Linda dans son rythme effréné. Tous deux s'octroyaient parfois quelques divertissements charnels, sans pour cela, impacter leur travail de sape. La *Mama* de Linda n'en fut pas dupe.

La fameuse discussion de Bruxelles n'ayant jamais existé..., Carolina mit fin à sa carrière pour créer une association d'aide aux victimes de réseaux pédophiles.

Détentrice d'une confortable fortune, elle créa une immense structure d'accueil sur *La Costa Brava*. L'objectif étant de remettre sur pieds les pauvres enfants complètement démolis, en vue d'éventuelles adoptions triées sur le volet, en étroite surveillance de la capitaine Linda et du commandant Blanco.

Carolina avait les épaules et la volonté pour mener à bien son sacerdoce, qui lui donnait, enfin, un vrai sens à sa vie. En mémoire de son jumeau, elle baptisa son association du nom de : « *La Casa José-Luis* ». Pour en assurer la pérennité, Carolina eut la généreuse et heureuse idée d'adopter le petit *reztavek*, Jude, et les deux garçons Roumains, Petru et Vasile. Autant par reconnaissance, que par souci d'encadrement, elle nomma officieusement marraine et parrain, Linda et Blanco, qui acceptèrent leur nouveau rôle avec sincérité et dévouement. Les trois petits allaient être à bonne école pour reprendre le flambeau, dans quelques années. Tous trois ne souhaitèrent pas revenir auprès de leur famille pour l'instant. En attendant, Carolina avait bien l'intention de leur faire suivre le cursus normal des enfants de leur âge, pour leur reconstruction.

Le rendez-vous suisse, promit par la jumelle Enriquez, se concrétisa entre Carolina, Blanco et Frédéric. Il demeura impossible d'énumérer les innombrables retombées mondiales qui firent suite à la publication de l'article rédigé par le journaliste, qui y joignait la fameuse liste noire établie par les jumeaux. Un raz-de-marée planétaire, sans précédent, mit hors d'état de nuire un nombre incalculable de hauts prédateurs, jusque-là insoupçonnés et protégés. Victime de son succès, Carolina, en étroite collaboration avec des dizaines de pays des cinq continents, entreprit la création d'autant de structures supplémentaires pour accueillir les enfants.

En effet, grâce à la mobilisation internationale, sans précédent, des services de police et, notamment, à l'exploitation méticuleuse du « Dark web », plus de deux cents enfants, enlevés, achetés ou cédés, furent ainsi retrouvés, lors de la toute première vague. Ce n'était que le début d'un mouvement sans fin, lorsque l'on sait que plusieurs dizaines de milliers de petits sont encore portés disparus dans le monde, du moins, pour ceux qui sont déclarés...

La capitaine Linda et le commandant Blanco furent plébiscités à la hauteur de leur engagement, par une hiérarchie pour le moins embarrassée.

À souligner qu'il ne leur fallut à peine trois semaines, pour porter le premier coup de pied fatal dans la fourmilière, malgré les fâcheuses attaques dont ils furent la cible. Ce qui confirma l'adage du capitaine Philippe : « *vouloir, c'est pouvoir* ».

Outre cet épineux volet pédophile, Linda et Blanco poursuivaient leur lutte sans fin contre l'injustice dans bien d'autres domaines de la délinquance.

Une phrase prononcée par Carolina Enriquez résonnait souvent dans l'esprit de la capitaine et du commandant, qui les accompagnait dans leurs missions, ô combien compliquées :

« *Quoi que vous fassiez, nous, les victimes de ces réseaux pédophiles, sommes déjà mortes. Cependant, continuez à lutter pour que nous soyons le plus petit nombre possible à en souffrir. N'abandonnez jamais votre combat pour la justice* ».